「こっち　見ろよ。これが本当のあんただ」
赫に促され、うつ　いた視線を上げる。
映っていた。
「……や

ラルーナ文庫

兄と弟 ～荊の愛執～

淡路 水

三交社

CONTENTS

Illustration

大西叢雲

兄と弟　～荊の愛執～

本作品はフィクションです。
実際の人物・団体・事件などにはいっさい関係ありません。

一

自宅まで送るよ、という上司の申し出をやんわりと断って、柳田清巳《やなぎだきよみ》はいつも使用している沿線の、とある駅で車を降りた。

ずっしりと肩に食い込む重いゴルフバッグは、さすがにコースを回って疲れた体にはいささか負担だったが、これ以上愛想笑いを浮かべる気分でもない。仕事の延長上にあるつき合いとはいえ、よけいな気遣いをこれ以上したくもなかった。

最近、休日といえばゴルフしかしていない気がする。しかもこれが休日かと思えるほど、顔ぶれは仕事関係の人間ばかりで、職場にいるのとまったく変わり映えがしない。

それに加えてコースを回るとなると、朝早くからスタートしたとしても、帰りはどうしても夕暮れ時だ。一日がかりで顔を突き合わせていては、いい加減げんなりとする。

だが、自分たちのような下っ端には選択肢はないも同然である。そこでようやく自分たちには休日などないと、諦《あきら》めるしかない現実を思い知るのだった。

電車は急行は十分後に到着するが、各駅停車ならすぐにやってきそうだ、と時計と時刻表を交互に見る。

「各停なら座れるかな……」

独りごち、駅のホームのベンチに座って大きく息をつく。

ここから自宅までが清巳が自由になれる僅《わず》かな時間だ。ほんのつかの間の休日。自宅に戻っても安らげるかといえばそうでもなく、清巳は心底疲れたとばかりにベンチの背もたれに体を預けた。

結局すぐに来た各駅停車の電車に乗り込んだ。ちょうど空いていた席に腰かける。最寄りの駅までの数十分、暮れなずむ空の色の美しさを見て、ひとときを気持ちを安らげる。このくらいしか楽しみはないが、ないよりはましだ、と自分に言い聞かせた。

電車を降りると、ゴルフバッグを担いで駅から歩く。商店街を抜けて徒歩十分ほどのところにあるマンションが清巳の自宅である。三年前、結婚するときに購入したマンションは表通りの喧噪《けんそう》とは裏腹に、閑静な住宅街の一角に建てられている。クリエーターに人気だという小洒落《こじゃれ》た街は、通勤にも便利がよく、少し高い買い物ではあったが満足していた。

「ただいま」

玄関のドアを開けてそう告げたが返事はなかった。

インターホンを鳴らしても応答がなく、またドアを開けても明かりひとつ点《つ》くことがなかったから、留守だとはわかっていたが、それでも「ただいま」と声をかけるのは几帳《きちょう》面《めん》な清巳の習慣だった。

投げ出すようにゴルフバッグをどさりと玄関の上がり框《かまち》に置く。

一日履きっぱなしだった靴を脱ぎ、明かりを点けてリビングへ向かう。テーブルの上には、ぺらりと一枚置き手紙があった。

『母と観劇してきます。舞台の後で食事を一緒にしてきますので、帰りは遅くなります。

――真美《まみ》』

その書き置きを一瞥《いちべつ》すると、清巳はバスルームへ向かう。

妻の真美とまともに顔を合わせたのは、おそらく先週末が最後だ。それとて夜中に喉《のど》が渇いたからと水を飲みに台所に行ったときに、ちょうど外出から戻った妻とばったり出くわしただけのことで、きちんと会話をしたわけではない。それどころか清巳は夜更けに帰る妻を咎《とが》めることもしなかった。

そんな生活は今にはじまったことでもなかったし、咎める気力すらなかったという方が正しいのかもしれない。

真美も遅くに帰宅したことがそれほど悪いと思ってはいないのか、謝るでも言い訳するでもなく、バスルームに消えていった。叱《しか》ればいいのだろうが、家にほとんどいない清巳が妻へ説教するのは、どこか違うとも思う。

というのも、霞《かすみ》ヶ関《せき》に勤務している清巳は、常日頃から早朝の出勤であるし、帰宅が午前様になることはさして珍しくもない。それが当たり前なのである。

普段でもそういった感じだが、ことに国会の時期や年度末は泊まり込むこともしばしばで、家にいるよりも職場にいる時間の方が圧倒的に長い。それは清巳の部署だけでなく、どの部署であれ、職場にはいつでも誰《だれ》かしらがいるような状態で、それが日常だった。

霞ヶ関が不夜城と呼ばれるのも無理はなかった。それに加えて、休日は休日でこうしてつき合いゴルフなどにかり出される。

三年前に結婚した妻とは、恋愛結婚ではなく、上司の紹介による見合い結婚だったから、これまで過ごしてきた時間も多くはない。何度かデートらしいものをしたにはしたが、たぶん片手で足りるくらいのものだろう。

結婚すれば長く顔を合わせるのだから、と思っていたがそうではなかった。現実はというと、妻の起きている時間には帰ってこられず、また妻の起き出す前に出勤する。これまで彼女と一緒に生活した時間は、三年の結婚生活の中でおそらく累計でもひと月に足らないだろう。

「観劇、ね」

この東京では、毎日どこかしらでいくつもの華やかな舞台が繰り広げられている。霞ヶ関にほど近いいくつかの大劇場でも、今日はなにかしらの演目が上演されているはずだ。

「……浮気にはうってつけの言い訳だ」

吐き捨てるようにぼそりと口にして、眉《まゆ》を僅かに顰《ひそ》めた。

妻には男がいる。

そう感じたのは、結婚して一年も経たない頃だった。

妻の持ち物に見慣れない高価なものが紛れ込んでいたり、母親との観劇、というにはあまりにも扇情的すぎる服を着込んで行ったり、そんなことが多くなった。

決定的だったのは、うなじにはっきりとつけられたキスマークを見たことだ。

真美の髪はセミロングで普段は髪の毛でうなじが隠れている。だが、その日は油断していたのだろうか。偶然バスルームで鉢合わせたときに、髪の毛をアップにしている彼女のうなじにはっきりとした赤い痕《あと》を見つけたのだった。

不思議とショックではなかった。だから、そのまま見て見ぬ振りをし、今に至っている。そのせいか、真美の浮気は日々エスカレートしているようにも思えた。

今では寝室も別だ。

清巳の仕事の邪魔になるから、と言い訳をし、申し訳程度にドレッサーやワードローブなどは清巳が寝ている主寝室に置いてはいるが、その実それが違う理由によるのはすぐに気づいた。

はじめのうちは清巳に遠慮もあったのか、隠すように出かけていたが、今では電話があればいい方で、書き置きひとつ残すだけで夜明けまで帰らないこともある。それでも、まだ言い訳じみたそれを残すだけの後ろめたさは残っているのかもしれない。それすらなくなってしまったら、完全に自分たちの関係は終わりになる。

離婚するならしてもよかった。清巳と妻の間には子供もいないから、さして問題があるわけではない。ただ、離婚にまつわるあれこれが煩わしいと思うから離婚しないだけなのだと、清巳はこの夫婦関係については既《すで》に諦観《ていかん》していた。

「疲れたな……」

こんな日はさっさと汗を流して早く寝るに限る。

バスルームの扉を開ける前に、かけていた眼鏡《めがね》を外すと、視界は急にぼやけ、あたりをすべて曖昧《あいまい》にした。自分の今の生活はきっとこの視界のようなものなのだろう。なにもかも曖昧にさせたままで、見えているものもあえてそうやって、ぼやかしたままの。

シャワーで汗を流した後、シャツとチノパンに着替える。ラフな部屋着に着替えないのはまだ時間が早いことと、寝る直前まではだらしのない格好をしたくないというこだわりによるものだ。几帳面よね、と真美には苦笑されるが幼い頃からの習慣だからそうそう直すこともできないでいる。

そうして冷蔵庫から缶ビールを取り出す。リングプルを引いて、グラスに注ぎ直すこともなくそのまま一口呷《あお》った。

ピンポーン、とインターホンのチャイムが鳴ったのはそのときだ。

珍しく早めに妻が帰ったのだろうかと、清巳は応答モニターを覗《のぞ》き込む。モニターに映っていた人物を見て、清巳は目を見開いた。思ってもみなかった来訪者に目を疑い、まじまじとモニターを凝視した。

「赫《かく》……？」

そこにいるのは、弟の赫だった。

赫はインターホンの前で愛想よく笑っている。その姿に清巳は眉を顰める。赫が訪ねてくる理由にまったく見当がつかなかったからだ。

「なんで……」

清巳の体をぞくりと嫌なものが駆け抜ける。弟の突然の来訪に清巳はざわざわとした胸騒ぎのようなものを覚えた。

清巳と赫は、三十一歳と二十七歳の四つ違いの兄弟である。だが、お世辞にも仲がよい兄弟とは言えない。どちらかというと、険悪な部類に入るだろう。赫は昔からなにかと清巳を目の仇《かたき》にしてきたし、清巳は清巳でエキセントリックな質《たち》の赫を疎ましく思っていた。いつでも傍若無人に振る舞う弟の尻《しり》ぬぐいをさせられていたのは清巳で、赫に迷惑をかけられたことも山ほどあったからだ。

それでも小さい頃は仲のいい兄弟だったはずなのだが……大きくなるにつれ、清巳の中で赫は相容《あいい》れない存在となっていた。きっと赫にとっても同じに違いない。

兄弟間の溝は清巳が中学に上がったくらいから広がっていった。清巳が東大への進学率を圧倒的に誇る有名な中高一貫校へ進学を決めたあたりから、はじまったと記憶している。

進学塾へ通うようになり、赫と接する時間がなくなったこともあって、互いに意思疎通が図れなくなっていった。清巳は赫が毎日どんなふうに過ごしていたのかも気にかける余裕すらなく、ただひたすら勉強に没頭していた。

その頃から互いに話すこともなくなり、さらに赫は年を重ねるにつれて荒れていき、次第に家族から孤立していったのだ。

そうなった原因のひとつには、清巳が進学したのを機に、両親が赫も、と強制的に進学塾へ通わせたせいもあったのかもしれない。

赫はそう出来の悪い方でもないと思うのだが、いかんせん気分にムラがあり、それが成績に繋《つな》がるタイプだった。それに、強制されると途端に飽きるため、画一的に子供を教える進学塾のような場所は赫にとってはまったく不向きといえた。嫌がる赫を塾に通わせ続けたことで、次第に反抗的になり、両親とも距離を置くようになってしまった。

あげく、高校生にもなると家に帰らなくなることもしばしばで、また暴力沙汰《ざた》を起こして何度となく補導され、清巳が警察まで迎えに行くことも珍しくなかった。

それでも赫は反省することはなく、彼が高校を卒業する頃には両親ともなにも言わなくなっていた。

その赫が、清巳を訪ねてきている。

おまけに愛想笑いまで浮かべて。

金の無心にでも来たのかもしれない。赫は大学を卒業後、しばらく海外――南米だと言っていた――をうろつき回っていたようだが、最近はフリーのライターとして、仕事をしているらしい。とはいえ、ぽっと出のライターが請け負える仕事など知れている。食うに困って、ヒモまがいのことをしていると、つい最近耳にした。

赫が海外へ旅立って以来、清巳は顔を合わせていなかったから、そのことは仕事先で出会った赫の同級生という男から聞いた話だったが。その男は赫と歌舞伎町《かぶき》で出くわしたのだと言っていた。

家族のことを他人から聞くとはね、とその話を聞いたときのことを思い出し、また弟に対して嫌悪の気持ちを抱いた。

正直なところ、あまり歓迎したくない客だ。

「はい」

抑揚をつけずに、返事をする。

『清巳？　俺』

赫が隙《すき》のない笑みを浮かべている。明らかにモニターを意識した表情だった。

「俺、ではわかりませんが。どちら様ですか」

あえて冷たく言い放ったが、モニター越しの赫の表情は変わることはなく、それどころか愛想笑いのまま鋭くモニターを睨《ね》めつけていた。その笑顔に清巳はぞっとする。逆らえばなにをされるかわからない、といったようなある種の不安を覚えた。

ここで意地を張って、後から面倒事になっても厄介だ。清巳はオートロックを解除し、玄関のドアを開けてやった。

「よお、清巳。元気？　何年ぶりだろうな」

厚かましい口ぶりで赫はニヤリと笑う。

相変わらずだ、と清巳は思いながら久しぶりに現れた赫の姿をじろりと見た。

くっきりとした二重の目の、はっきりとした精悍《せいかん》な顔だち。少し厚めの唇はきっと訪れていた国の女性からはセクシーだと思われていただろう。

背が高く、鍛え抜かれた筋肉質の体は、昔よりずっと逞《たくま》しい。学生時代アマチュアボクシングではいくらか活躍したようで、当時は減量のためかもっと削《そ》いだ体つきだったと記憶している。今は肉が適度についたせいか男らしさが全面に滲《にじ》み出ていた。これならジゴロじみた生活をしているという話も、まるきり出任せではなさそうだ。この体とこの顔では、女性が放っておかないだろう。フェロモン、とでもいうのか妙な色香が漂ってくるようでもある。それくらい人を惹《ひ》きつけるなにかを滲ませていた。

また海外生活を経験したからなのか、さらにふてぶてしい表情を身につけ、剛胆さを増したせいで実際の年よりも随分と彼を年嵩《としかさ》に見せていた。これでは自分よりも赫の方が兄

といってもおかしくはなさそうだった。

「なんの用だ」

玄関先で訊《き》くと、赫はフンと鼻を鳴らす。

「なあ、久しぶりに会った弟を玄関先で追い返すつもり？」

態度の大きさも相変わらずで、清巳は内心で溜息《ためいき》をつく。

やはり、居留守を使うべきだったかと清巳は思いながら、いや、これはどうにもできなかったことだとしぶしぶ自分に言い聞かせ、赫を部屋に入れることにした。

「どうぞ」

清巳がそう言うか言わないかの間に、赫はずかずかと上がっていく。許可もしていないのに、手当たり次第リビング以外の部屋のドアを開けてはじろじろ眺めていた。

「へぇ。いいトコ住んでんじゃん。結構広いし」

赫はあちこちを詮索《せんさく》するような目で見回した後、リビングのソファーにどっかりと腰を下ろした。

「なぁ、腹減ったんだけど」

手土産《てみやげ》すら持たずやってきた上に、図々《ずうずう》しくそう言ってのける厚かましさに、清巳の神経は逆撫《さかな》でされた。

「食うものなんかないぞ。生憎《あいにく》妻も留守でな。おまえに食べさせるものは残念ながらない」

「ああ、そっか。さっきからなにか変だと思ってたら、嫁さんがいないんだ」

　今気づいたとばかりに赫が言う。

「実家の母親と観劇だ。……私も今帰ってきたばかりだし、とにかく食うものはこの家にはない」

　言い訳じみたことを言っている、と清巳は自嘲《じちょう》した。けれど、赫に弱みを見せる気はない。ただでさえ疲れているのだ。これ以上トラブルなどごめんだった。

「あ、そう。……んじゃ」

　言いながら、赫は立ち上がった。

　清巳は腰を上げた赫に、ほっと胸を撫で下ろす。このまま諦めて帰ってくれればいい、そう思った。しかし。

「じゃ、ちょっと食うもん買ってくるわ。ちょうどすぐそこにコンビニあったしな」

　そう都合よくはいかなかったようだ。赫は食べるものを買ってくると言う。

「今帰ってきたって言うなら、清巳も食ってないだろ」

　清巳はよほどがっかりした顔をしていたに違いない。

　赫は清巳へ視線をやりながら、ニヤニヤと笑う。まるで清巳が困っているのを楽しんでいるふうでもある。

「そんなあからさまにガッカリすんなよ。久しぶりだし、兄弟仲よくしようぜ」

なにが仲よくだ、という喉元まで出かかった言葉をすんでのところで飲み込む。そんな清巳の顔を見て、赫は微《かす》かに唇の端を引き上げた。まるで清巳の言いたいことなんかすべてわかっているとでも言いたげな顔。

だが清巳にはなにも言い返すことはできなかった。ただ黙って視線を逸《そ》らす。

「じゃ、ちょっと行ってくるわ。清巳、なんか食いたいもんねえか？」

訊かれて、赫の方は見ず「別に」と素っ気なく答える。そんな清巳になにを言うでもなく、赫はさっさと外へ出ていってしまった。

赫のああいうところが嫌いだ。

清巳は赫が出ていった玄関を見つめながら思った。

昔からそうだ。赫といると、どこか落ち着かない。すべて見透かされているような、そんな不安めいたものを覚える。あの目で見られると、どうにも萎縮《いしゅく》してしまう自分がいた。

世間的に見れば、清巳はいわゆる勝ち組だ。東大を出て、財務省へ入省。上司の紹介で、資産家の娘と結婚――まるで絵に描いたようなエリートコースを歩んでいる。清巳自身もそれが最良だと信じて疑っていないし、また、そういう生き方を選んだことに満足もしていた。

なのに……赫を見るとそんな自分がひどく小さく思えてくるのだ。

奔放に振る舞う赫はいつでも自信に満ちていた。大学を出た途端、ほとんど金も持たずに海外へ渡ってしまうなど、常に優等生であり続けることを強いられていた清巳には、到底真似《まね》できることではなかった。

赫に見られるのが怖い。いつの頃からか、清巳は赫に対してそう思うようになっていた。

赫が戻ってきたのは、それから三十分ほど経ってからだった。

そのまま戻ってこなければいいのに、と思ったがその願いは叶《かな》わなかったらしい。インターホンのチャイムの音が忌々しいものに思えた。

「落ちてたぞ」

一枚のハガキをひらひらとさせて、赫は清巳にそれを寄こした。テーブルの上に置いていた郵便物が落ちてしまったのだろう。単なるダイレクトメールのようなものだ。どこかの議員の後援会の名称が記載されている。議員の活動報告を記した、定期的に送られてくるハガキだった。

「やっぱこういうの多いわけ？　仕事柄」

訊かれて「まあな」と答えた。

確かにこの手の郵便物は多い。仕事でのつき合いも多いし、また妻の実家も顔が広いせいか、毎日のように国会議員や地方議員絡みの郵便が届く。

「ふうん」

「私に記事のネタを期待しても、そんなものはないからな」

それは本当のことだ。テレビのドラマで見るようなことは、まずないと言っていい。事実なんてそんなものだ。

「誰もあんたにそんなもん期待してないって。——飲むだろ？」

言って赫は清巳に缶ビールを投げて寄こした。

「ああ」

「適当に買ってきたから、清巳も食えよ」

ガサガサとコンビニの袋を広げ、赫は弁当や総菜をテーブルの上に並べた。

「なにしに来たんだ」

赫から渡されたビールに口をつけながら、清巳は訊いた。

「なにって、自分の兄に会いに来るのに理由とかいるわけ？　久しぶりだし、顔を見たいと思っただけ。それが？」

しゃあしゃあと赫は空々しい嘘《うそ》をつく。

「よくそんな心にもないことを」

清巳がうんざりしながら言うと、「失礼だなぁ」と赫は眉を顰めた。

「……家には連絡してるのか」

「家？　んなもん、してねぇよ。つか、連絡なんかしたところで、親父《おやじ》や母さんの説教聞くのが関の山だろうが。失踪《しっそう》宣告されちゃたまんねえからこっちに戻ってきたときに、一度帰ったけどそれっきりだ」

うんざりした顔をして赫はつまみのチーズを齧《かじ》った。

「父さんや母さんも心配してるんだ。連絡くらいしても罰は当たらないだろう」

「親父はともかく、母さんが心配なんかするわけないじゃん。あんたじゃあるまいし」

ふん、と赫は鼻を鳴らした。

赫と母親は折り合いがよくない。母親はそう悪い人間でもないのだが、感情の起伏が激しく、ときにヒステリックな言動が多くなるせいか、昔から赫とぶつかることが多かった。

「清巳は？　あんたは家に帰ってんの？」

赫の問いに首を振った。

「仕事が忙しくて、結婚してからはほとんど。せいぜい盆暮れくらいだ」

だいたい、この家にもあまり帰っているとは言いがたい状態なのに、実家にまで気を回せるわけもなかった。父親とはごくたまに昼食を共にすることがあるが、それも父が用事ついでに職場のあたりに立ち寄ったときくらいだ。

兄弟揃《そろ》って、親不孝、なのかもしれない。

「なんだあんたもじゃん。人のこと言えねえだろうが」

「私は――」

おまえのようなろくでなしとは違う、と言いかけ、さすがにそれは言いすぎかと思い直して口を閉ざした。しかし。

「俺のようなろくでなしとは違う、って？」

赫がビールの缶のリングプルを開けながら、クックッと喉を鳴らす。清巳は胸の裡《うち》を言い当てられて、反論もできずに言葉を詰まらせた。

「まあ、ろくでなしだな。否定はしないさ」

「仕事は？」

「ん？　まあ、適当に」

「フリーライターと父さんから聞いたが、食べていけているのか」

「まあね。なんだよ、質問攻めか。この前もこんなことあったんだよな」

まったくうぜえ、と赫は顔を顰《しか》める。そして「そうそう」と思い出したように切り出した。

「なんかデジャヴると思ったらあれだ。この間仕事で歌舞伎町に行ったとき、ばったり同級生に会ったんだよな。あんときみたいだ。そいつに会ったときちょうどタイミング悪く、キャバクラのねえちゃんにしつこく絡まれてすったもんだしててさ。で、なに訊かれたのか覚えてねえけど、うぜえから適当に答えてたらすげえ目で見られたなと思って。あいつ昔から気に入らなかったけど、いまだに同じで笑っちまった。なあ、覚えてねえか、昔俺がボコったヤツ。ほら、あんたが俺を警察まで迎えにきたときのさ」

それは覚えている。ということはこの前会った赫の同級生というのが、あのときの高校生だったのか。赫は高校のとき、いじめに遭っていた同級生に代わって、いじめグループの数人をタコ殴りにし、怪我《けが》をさせたことがあった。赫の言うことが本当なら、女のヒモというのは誤解なのかもしれない。だがそんなことはどうでもいいことだ。

目の前の男は不敵な笑みを浮かべている。

当時の赫は間違ってはいなかった。

とはいえ、卑怯《ひきょう》な人間には相応の報いがあっても然《しか》りとは思うが、赫のようになんでも暴力で解決していいとは思わない。

「……覚えてないな」

答えるのも、そもそも考えるのも面倒で、嘘の返事をした。

「あっ、そ。つか、そいつに毛虫でも見るような目で見られたんだけどさ。ああやって誰かを下に見ていないと生きていけないんだろうな、ああいうヤツってさ。勝手に頭ん中で架空のスケープゴート仕立て上げて、そうやって自分はこいつよりはましだ、って思いながいるのって、空《むな》しくなんないのかね」

そう言いながら、赫はちらりと横目で清巳を見る。

赫の言うとおりだ。

ちゃらんぽらんな見かけとは裏腹に彼は人の本質を言い当てる。清巳がこの前会った男は赫のことを清巳に吹き込むことで、清巳の弱みを握ったつもりになり、優位に立とうとしていたのかもしれない。そうやっていないと生きていけない人間というのは確かに存在する。

「それにしてもあんたホントに変わんないよね。相変わらず、顔だけはきれいでさ。もしかして嫁さんより、美人なんじゃねぇの」

ニヤニヤと笑いながら赫が茶化した口調で言った。

面立ちが繊細だ、と言われることはよくあった。切れ長の目も、薄い唇も、多少人より見栄えがするものの、赫のようなわかりやすい色男ではない。線の細さが先に立つのか、女性からは頼りないと敬遠されがちだった。

言うに事欠いて美人とは。

こういう人を小馬鹿にしたような態度が清巳をいらつかせるとわかっていて、赫はあえて嫌がらせじみたことをするのだ。

「バカにしてるのか」

「バカにしてなんかないって。あんた顔だけはいいからさ。我が兄ながら目の保養にはもってこい、ってね」

赫が清巳の側《そば》に近づいた。こうして赫と並ぶと互いの違いを思い知らされる。背の高さも、体つきも、なにもかも赫とは似ても似つかない。

不意に伸ばされた赫の手で、眼鏡を外された。

「な……っ」

「ほら、やっぱり。昔のままだ」

「なにがだ……！　赫、眼鏡を返せ」

赫を睨めつけるが、彼は眼鏡を返そうとはしなかった。

「せっかくのきれいな顔なのに。な、外しておけば？」

「赫！」

「その目——あんたにその目で睨《にら》まれるとゾクゾクするんだよね」

「揶揄《からか》うな！　いいから早く返すんだ」

清巳は赫の手から、眼鏡をひったくるように奪い取った。

「ちぇっ、つまんねぇの」

赫はがっかりしたとばかりに大げさに肩を竦《すく》めた。

「いい加減にしてくれないか。そんなことをするためにここに来たんじゃないんだろう？」

こうして揶揄う赫の訪問の意図が全然わからない。果たして清巳を怒らせようとしているのか、それとも単にコミュニケーションの一種なのか。赫が一体なにを考えているのか、清巳には皆目見当もつかなかった。

「だから――」

なにしに来た、ともう一度言おうとしたそのとき、清巳のスマホの着信音が鳴った。清巳はひとつ舌を打って、電話に出る。

「もしもし」

電話は妻からのものだった。ひときわ甘えた声を出して、「母がどうしても泊まっていきなさいって言うから」とねだるように言う。

「……ああ、わかった。……いや、こちらのことは大丈夫だ。きみもゆっくりしてくるといい」

十中八九、男のところだと見当はついていたが、騙《だま》されたふりをする。もはや、妻のことはどうでもいい。それより、目の前の赫のことをどうにかしたかった。

「嫁さん、帰ってこねえの？」

早く帰って欲しいと清巳が願っていることを、赫はとうにわかっているだろう。妻が帰ってこないと告げたら、きっと嫌がらせのように居座るに違いない。

「……少し、遅くなるだけだ」

　自分の気持ちを赫に悟られまいと、いらつきを抑え、嘘をつく。身構えているせいか、唇がやけに乾く。ぎゅっと唇を引き結ぶと、ピリッとした小さな痛みが走った。

「遅く、ねぇ。ホントに母親と一緒なのかよ」

「どういう意味だ」

「そのまんまの意味さ。案外ヒゲの生えたママじゃないのか？　なあ？」

　赫はビールの缶を揺らしながら、ちらりと清巳に視線を投げて寄こした。

　見透かしたような赫の言葉に清巳は動揺した。窺《うかが》う赫の視線を逸らしてしまいそうになる。さっきもそうだったが、時折、赫はとても鋭いことを言う。食えない男だ、と清巳は思う。だが、ここで視線を外してしまったら、赫の言葉を肯定してしまうことになる。

「くだらないことを言うな」

　清巳は持っていたビールの缶を、テーブルに叩《たた》きつけるようにして置いた。音の大きさに、赫は肩を竦める。

「おー、こわ。でも、意外。あんた結構嫁さんに甘いのな。もっと厳しいのかと思ってた」

「私は仕事で家にいる時間が少ないからな。あまり縛りつけておいても、彼女のストレスがたまるだけだろう。実家に帰ったときくらい、大目に見てやらないと」

缶を弄《もてあそ》んでいる赫にそう言うと、清巳はテーブルに置いた缶を再び手にして、残っていたビールをぐいと呷った。

「お優しいことで」

「子供もいないしな。そのくらいのことで、いちいち目くじらたてるまでもないだろう」

「は、昔俺に説教くらわしていた人間とは同じ人間に思えないね。まったく、よくデキた旦那様《だんな》ですこと。……ま、あんたがそれでいいって言うならいいけどね」

意味深な言葉に思わず清巳は赫を見遣《みや》った。

「なんの話だ」

「別に。なんでもねぇよ」

薄く笑って、赫は持っていた缶をぐしゃりと握り潰《つぶ》した。

「な、ゴミ箱ねぇの？」

潰した缶を赫が摘《つま》み上げる。

「寄こせ」

はあ、と大きく息をついて、清巳は缶を受け取り、赫の代わりにゴミ箱へ捨てた。

「じゃ、俺、帰るわ。あんたの嫁の顔も拝んでいきたかったけどな」

赫はそう言って立ち上がる。清巳はほっと胸を撫で下ろした。これでようやく帰ってくれる。

「そうか。それは残念だな。もっとゆっくりしていけばよかったのに」

清巳が言うと、赫はゲラゲラと大声で笑い出した。

「なにがおかしい」

「心にもないこと言うんじゃねぇよ。あんた今、俺が早く帰ってくれると思ってホッとしたくせに」

ふん、と赫は鼻で笑った。

「わかってるならいい。じゃあ、はっきり言う。もう来るな」

清巳は赫を睨めつけると、冷たくそう言い放った。

「さあね。それはどうかな」

「赫……！　いい加減にしてくれ。もう私を振り回すな……っ」

ヘラヘラと笑う赫に怒鳴りつけた。

「またね。オニイサマ」

ひらひらと手を振りながら、赫は出ていった。

この分だと赫はまた来るつもりなのかもしれない。赫にこれ以上関《かか》わりたくもないが、一応は弟である以上仕方がないことかと諦める。清巳は深い溜息をついた。

それにしても、赫がこうもあっさり帰ってくれるとは思わなかった。

赫が帰った後、清巳は玄関のドアの鍵《かぎ》をかけ、リビングへと戻った。

テーブルの上にある、赫が食べ散らかしたものの後片づけを終えると、一気に疲労感が清巳を襲った。

——疲れた。

ぐったりとした体をソファーに沈める。

——どいつもこいつも……。

いらだちが治まらず、また心の疲労感も極限に達していた。いくら体を休めても心までは安まらない。

しばらくそうしていたが、清巳は思い立ったように、ふいと腰を上げた。

清巳は自分の書斎にしている部屋に入り、クローゼットの奥にしまいこんでいた、小さめのスーツケースをひとつ取り出した。

それを持って、今度は真美のドレッサーがある寝室へと向かう。

ドレッサーの前に立ち、清巳は鏡に映った自分の姿をじっと眺めると、ひとつ息をついて、スーツケースを開けた。

二

鏡の中に映る自分は、自分であって自分ではない気がする。

アイラインを描くと、もともと切れ長の目はことさら映える。アイシャドウはフェミニンなピンク系。ビューラーで上向けたまつげにマスカラを塗り、頬《ほお》にブラシでチークを載せた。ルージュの上からグロスを置いた唇は、つやつやと艶《つや》を増していて、さっきまでかさかさに乾いていた唇と同じとは思えない。

そうしてウイッグをつけ、きれいに巻かれた肩まである髪の毛の先を、指で少し整えた。最後にとろりとした質感のシルクのブラウスと、アシンメトリーなカットのスカートに着替えると、全身をもう一度鏡に映した。

女性の姿になった自分がいる。

清巳は姿を変えた自分をぼんやりと眺めた。

こうやって、清巳は時折女の姿になる。

はじめは、ほんの好奇心からだった。ちょうど、妻の外泊が頻繁になってきた頃だ。おそらく皺《しわ》を取るために吊《つ》るしてあったのだろう。部屋の隅でハンガーにかけられていたドレスを目にしたとき、着てみたいという衝動に駆られた。

なぜかは今でも清巳自身わからない。ただ、着てみたかった、それだけだ。

真美は女性にしては背が高く、そのドレスはゆったりとしたデザインで清巳にも着られるのでは、と手を伸ばした。生地に手が触れるとあとは催眠術にでもかかったようになり、気がつくと背中にあるドレスのファスナーを上げていた。

そうして一度袖を通すと今度は服に似合うように、化粧をしたくなった。ウイッグをつけ、徐々に女性の姿へ変わってゆく自分に妙に高ぶった。

いくら華奢《きゃしゃ》な体で、体毛が薄いとはいえ、よくよく見ればやはり男の体だ。普段きちんと手入れしているわけでもないから、むだ毛はもちろんのこと、丸みのない筋肉質の手足や、そして喉仏を見れば一目瞭然《いちもくりょうぜん》だった。

眼鏡は外して、この姿になるときのためだけに使うコンタクトをつけてもいた。そんなことまでする自分がひどく滑稽《こっけい》だとは思っている。

だが、こうして姿を変えることは、他のなににも勝る高揚感を清巳にもたらした。つかの間、誰にも知られることもなく、ただの自己満足だが、こうして自分ではない自分になることで自らのなにかを解放しているのかもしれない。

けっして女になりたいわけではないのだ。

こうして僅かの間、自分を変えられればそれで満足だった。

しばらく鏡を眺め、そろそろ元の自分に戻ろうかと、清巳はウイッグに手をかけた。

そのとき、背後に誰かがいる気配を感じた。思わず振り返ると、部屋の扉が薄く開かれ、そこには帰ったはずの赫がいた。清巳は目を見開いて呆然《ぼうぜん》とする。冷たいものが背筋を走った。

「か……く……」

赫は、唇を引き上げて薄く笑っている。清巳は咄嗟《とっさ》に顔を伏せ、自分の姿を隠すようにその場に踞《うずくま》った。

「へぇ……。あんたにこんな趣味があったとはね」

赫は踞っている清巳の側にゆっくりと近づいてきた。

「なんでおまえ……帰ったはずだろう……っ！　か、鍵だってかけてたはずだ……！　どうしておまえがここに……っ！」

こんな姿を赫に見られるなんて、と清巳は唇をわななかせながら必死で叫ぶ。

チェーンこそしなかったが、施錠はきちんと確認していた。それなのにどうして赫がいるのかわからない。

一歩、また一歩と赫は清巳に近づき、清巳のすぐ側で立ち止まって言った。

「あ・い・か・ぎ」

チャリ、という金属の擦《こす》れる音が、清巳の頭の上で鳴った。

手のひらで顔を隠し、おずおずと上を向くと赫が鍵を持っている。あれがこの家の鍵だとでもいうのか。そんなものを赫に渡した覚えはない。目を見開いてわなわなと震えている清巳に、赫は軽い口調で返す。

「ああ、これ？　あんた、昔から鍵は玄関に置きっぱなしだよね。結構不用心だよ？　で、さっきコンビニ行ったついでに合鍵もね、作ってきたってわけ」

そう言われてみれば、赫はさっきコンビニに行くと言ってしばらく帰ってこなかった。コンビニはここから歩いて五分もかからない。

あのときは赫の存在が鬱陶《うっとう》しくて、そんな時間すら気にも留めていなかったが、確かに三十分もあれば合鍵くらいは作れるだろう。まさか赫がそんなものを作るとは思ってもみなかった。

「清巳」

赫が猫なで声で清巳の名前を呼んだ。

「なあ、ちゃんと顔見せろよ」

赫もしゃがみ込み、いまだ蹲っている清巳の顔に手をかけた。

「い、いやだ……。やめてくれ……ッ」

見られたくないと首を振る清巳の顔を、赫は力任せに顎《あご》を掴《つか》み、強引にぐいと上向かせた。

「結構、可愛《かわい》いじゃん。似合ってるよ、清巳。そんなに嫌がらなくてもいいって」

くく、と喉を鳴らし赫は笑う。

「まさか清巳に女装癖があったなんて、さすがの俺も驚いた」

眇《すが》めた赫の目が鈍く光る。唇の端を引き上げた口元がいやらしく歪《ゆが》んだ。

「優等生で、お堅いあんたが、よりにもよって女装とはね」

清巳のウイッグの毛を赫はくるくると指に巻きつけ、顔を清巳の耳許《みみもと》へ近づける。

「変態」

そう冷たい声で言い放った。

赫は踞っている清巳の肩に手をかけて、ドンと押した。不意のことに清巳の体は床に転がる。すると赫はあろうことかスカートの裾《すそ》をめくり上げた。下着が露《あらわ》になる。

「なんだ、興ざめ。なんでこんなの穿《は》いてるわけ」

赫は清巳の下着を指で引っ張った。

服は女性ものを着ていたが、下着までは女性のものを着用してはいなかった。清巳が身につけていたのは、ボクサーパンツだったのだ。

「女装するなら徹底的にやんないとさ。つまんない」

そう言って、赫は清巳の下着を一息に引きずり下ろした。

「やめ……っ！」

スカートをめくり上げられ、下着も剝《は》ぎ取られ、清巳の性器も剝《む》き出しにされてしまう。

咄嗟に清巳はスカートに手をかけようとしたが、「だーめ」とその手をはね除《の》けられた。

「ああ、ほら、こっちの方がエロいし、可愛い」

言いながら、赫は清巳のペニスの先を指でつう、と撫でる。その感触に清巳は「あっ」と声を上げた。

「案外、そそる」

「やだ、やめろ、赫、やめてくれ……っ」

清巳はじりじりと逃れるように腕の力だけで後じさる。

「やだね」

そう言うや否や、赫は清巳の体に馬乗りになった。そうして、まるで舌なめずりをするかのごとく、ぺろりと唇を舐《な》め回す。

赫はこれからなにをするつもりなのだろうか。その仕草にますます不安が募った。

「こっちも、なにも着けてないわけ?」

スカートはまくり上げられたままで、今度はブラウスのボタンをプチプチと外しだした。当然、ブラウスの下にはなにも着けてはいない。女装といっても、そこまで拘《こだわ》ってはいなかったし、下着まで女性のものを着用してしまったら、どうなるのかという不安もあった。

「今度は、ブラジャーくらい着けろよ。まあ、これはこれで妙にエロいけどね」

倒錯的でさ、と赫は優しげな声音でそう言いながら、はだけられて露になった胸元に手のひらを這《は》わせていった。その艶《なま》めかしい手の動きに、ぞわりと清巳の皮膚が粟立《あわだ》つ。赫の手のひらは清巳の乳首へと辿《たど》り着いた。怯《おび》えに体が震えているせいか、乳首は収縮して硬くなっている。赫の指が、そこに触れた。びくん、と体に電流が走ったような衝撃を感じる。

「――や、……やめ……っ」

体を捩《よじ》って、赫の手から逃れようとした。

「なに？　感じる？」

クス、と赫は笑って、面白そうに今度はその指で触れている乳首をキュッと捻《ひね》り上げ、爪《つめ》を立てた。

「あ……ッ」

食い込む爪の刺激に堪《こら》えきれず声を漏らす。自分のものとは思えない声に、清巳の顔にさっと羞恥《しゅうち》の色が走る。

「へ……え、意外。――こんなに感じやすかったんだ。あんたのことだから、てっきり不感症かと思ってた。……なぁ、乳首弄《いじ》られるの気持ちいい？」

赫の顔が間近に迫ってくる。指は清巳の乳首を捏《こ》ね回しているままだ。くにくにと赫の指で揉《も》まれ、嬲《なぶ》られている。

「や……っ、触らな……ッ」

「そんなこと言われても」

ふっ、と指で括《くび》り出された乳首に息を吹きかけられた。

「……う……っ……あ、ぁっ」

「乳首好き？」

「す……、好きなわけ……な、……い」

いやいやをするように清巳は首を振る。

「嘘つくんじゃねえよ」

赫は清巳の体に唇を這わせ、焦《じ》らすように乳輪をまさぐってから、ねっとりと舌で乳首を舐め上げる。さんざん摘まれ捏ねられて、敏感になっている乳首に柔らかく濡《ぬ》れた舌がまとわりつき、その柔らかな刺激に体は痺《しび》れるように疼《うず》きはじめる。

「……んっ、……ふ……ぅ……っ」

舐められ、吸い上げられて、愛撫《あいぶ》され、硬くしこったそこを赫の歯で甘噛《あまが》みされた。

「あ――――ッ、あ、あ、」

甘く疼く快感に清巳が堪えきれずに声を上げると、赫は満足そうに笑う。

「感じてんじゃん。もっと舐めて、って言ってるみたいだぜ。……ここ、真っ赤になって尖《とが》ってきてる」

「感……じてな……ッ」

「どこが感じてないって？　見ろよ……ここだって、もうカチカチになってる」

赫の長い指はするりと下肢へと下りていき、清巳の内股《うちまた》をなぞっていく。脚の狭間《はざま》にあるものはもう既に張りつめており、赫は意地悪く、わざとゆっくりとそこを撫で上げた。

清巳は奥歯を噛みながら、喘《あえ》ぐ声を必死に我慢する。

「違……っ」

「なにが、違うって。ホラ」

見ろよ、と赫は体をずらし、剝き出しになっている清巳のペニスを見せつけた。勃《た》ち上がっている自分のものを見たくなくて、清巳は目を背ける。

その様子に赫が喉を鳴らして揶揄うように笑った。

「しっかり感じてるって」

勃起《ぼっき》した清巳のペニスからは、じんわりと先走りの汁が滲み出しており、赫はそれをくるくると鈴口になすりつける。

「やっ、ああっ」

「こんなに感じやすい体して……あんた今まで本当に女しかダメだったわけ？」

赫の指が陰嚢《いんのう》をやわやわと揉みしだく。ペニスを直接に弄られるのとはまた違うもどかしく与えられる快感に、清巳は息を詰めたまま声も出せずにいた。

「わっ、私はっ、……お、男なんか……っ」

切れ切れに言葉を発したが、その言葉も赫が陰嚢を弄っていた手をもう一度ペニスへと戻し、鈴口をカリ、と引っ掻《か》くように爪を立てられて、不確かなものになる。

「……ぁ……あぁ……っ」

「ふうん、……じゃあ、ここはまだ？」

赫は清巳の足を開かせ、清巳の先走りで濡れた指を清巳の後ろの孔に差し込んだ。

「ひ……っ」

慣れない異物感に清巳は体をびくりと硬直させる。

「きっつ。……本当にここで男を咥《くわ》えたことなかったんだ」

「あ、……あるわけ、ない……っ」

男を受け入れる？　自分は同性愛者ではないし、そんな経験などあるわけがない。今だって赫を突き飛ばして逃げたいくらいなのだ。

清巳はなんなく自分を押さえ込んでいる赫に非難の目を向ける。

「ふうん、じゃあ、俺がはじめてってことか。そりゃ光栄だな」

「……な……っ」

「あんたを本当の女にしてやる。ここでいけるようにしてやるよ」

赫は薄く笑う。そうして彼の指が徐々に清巳の後ろを侵しはじめた。はじめのうち、ぎゅうときつく締めつけて侵入を阻んでいたかに思えたが、ゆっくりと時間をかけて解かれると、じわじわ浸食されるように入り込んでくる。

赫はドレッサーの上から、真美の使っている乳液を摑み取ると、それを惜しげもなく使った。手のひらにまぶし、その濡れた指でぐちゅりと中を掻き混ぜられるうちに、頑《かたく》なだったそこも次第に柔らかくなり、呆気《あっけ》なく指を受け入れはじめた。

「蕩《とろ》けてきてる……もうここ何本入ってるか知ってるか？」

清巳は首を振る。知りたくもない。指で奥を弄られ、ときに意図的なのかそうでないのかわからないほど、微妙なタイミングで前立腺《ぜんりつせん》を擦られて、ガクガクと腰が小刻みに震える。快感という名の苦痛がすべてだ。

ぐちゅぐちゅという濡れた音がたまらなく卑猥《ひわい》でならない。耳を塞《ふさ》ぎたいのにそれが叶わず、清巳はただ自分の中でバラバラに動く赫の指に翻弄《ほんろう》されるだけ。

「や……っ、やめ……っ」

拒む言葉は聞かないと、赫は愛撫を止めることはなく、清巳のペニスからはだらだらと先走りがだらしなく流れ落ち、後ろの孔へと伝っていった。

「あー、ぐっちゃぐっちゃ」

はは、とおかしそうに笑いながら、赫は清巳のこぼした蜜《みつ》と乳液とを混ぜ合わせ、その液体で後ろを犯した。

「あ……っ……、いや……っ、やぁ……っ」

「……すごいことになってる……やらしすぎるな、あんた」

濡れた赫の指が袋を揉みほぐす。後ろの蕾《つぼみ》を解かれ、前をあやされる。天を向いたペニスからはひっきりなしに蜜がこぼれ続けていた。

また、忘れた頃に痛いほど乳首を嚙まれ、清巳は悲鳴を上げる。しかしその声音は甘い色を帯び、ただただ体が熱くなるばかりだった。

「苛《いじ》められんの好き？　好きだよな、こんなにぐちゃぐちゃにして。……ああ、こっちもパンパンになって……」

そろそろ限界かな、と赫が後ろに入れている指をぐるんと搔き混ぜる。

「や、あ、あ――――ッ」

赫の搔き混ぜた指の刺激が、反り返った清巳自身から白い液体を迸《ほとばし》らせる。その白いものは、清巳の腹の上に、そして胸元にまで飛び散った。

「とんだ淫乱《いんらん》だ。後ろ弄っただけでいくなんてな」

赫がくすくすと笑いながら、飛び散った清巳の精液を指で拭《ぬぐ》い取る。その精液にまみれた指を清巳の口中に無理やり突っ込み、口内を蹂躙《じゅうりん》した。強制的に舌に塗りつけられた己の精液。青臭く、苦い味が清巳の口中に生々しく広がった。

「う……っ、……ッ」

「まだ、終わんねぇよ」

そう言って、赫はジーンズのファスナーを下ろす。勃ち上がって大きくなっている彼のものを、清巳に見せつけるようにしてゆっくりと取り出した。

「…………っ！」

清巳はそれを目にして息を呑《の》んだ。

赫の体と同様、その昂《たか》ぶりは逞しく凶悪なものだった。えらが張った亀頭はぬらぬらといやらしく濡れており、太い竿《さお》には血管が浮いている。赤黒く充血しきったあれが自分の中へ入るかと思うと、清巳は怯えに体を竦ませた。

「やめ……赫……や……ぁ……ッ」

だが赫は清巳の言葉など聞き入れることなく、足を抱え上げ、赤く色づいた場所へ赫自身を突き入れる。

「————ぁ、う……ぁ……っ」

随分解《ほぐ》されたとはいえ、赫の猛《たけ》りきったものは、すんなりとは入ってくれない。それでも赫は腰を押し進めてくる。

「俺の形を覚えろ」

自分が赫に犯されているという事実がにわかに信じがたかった。やめろ、とまともに口にする間もなく、赫が抉《えぐ》り込んでくる。後ろの孔が張り裂けてしまうのではないかと思うような痛みに、清巳は掠《かす》れた叫び声しか上げることができなかった。

なぜだ……なぜ赫は自分を犯すのだ、と清巳は薄い意識の中で思う。いくら赫が清巳を嫌っているのだとしても、こうまでされる理由はどこにあるのか。ましてや兄弟なのだ、自分たちは。

「か……く、……やめ……ぁっ」

やめてくれ、という言葉は喘ぎに溶けて消える。

中で蠢《うごめ》く圧倒的な質量の、その圧迫感をおぞましいと思いながら、抜き差しされるうち、やがて苦痛だけではないものが体の中を熱くしていく。

感じる場所をえらの部分で引っ掻かれ、擦られる感覚にじわりと奥が疼き出した。清巳の中から、わけのわからない熱が生まれ、体ごと灼《や》かれるように熱くなる。

「……っ、あ……ぁ……」

次第にその熱さが苦痛を上回り、自分の声に甘いものが混じるのを清巳は信じられないとばかりに聞いていた。

「もっと啼《な》けよ」

赫は清巳の脚を抱え直し、ぐいとさらに腰を沈めた。

「あ、ああ……っ、……んっ」

そうして、壊してしまうほどの激しさで清巳を突き上げる。

突き上げられ、中を抉られるたびに、背筋や腿《もも》が甘く痺れていく。まるで体の中で生まれた熱が神経を焼き切ってしまうかのように、脳髄まで痺れて清巳の体を蕩かしていった。

「あぁ……っ、ぁ……んっ」

すげえ、と赫が息を詰めながら独りごちている。しかし清巳はその声をろくに聞いてはいない。ただ腰を揺らし、はじめて感じる後ろでの快感に耽溺《たんでき》していくだけだ。

赫がある場所を擦り上げたときだ。脳天を貫くような鋭い感覚に、清巳はひときわ大きな嬌声《きょうせい》を上げる。

「やぁっ！　あ……あうっ、ひっ、い、いやっ……！」

どうにかなってしまいそうだった。快感の塊が押し寄せ、その快楽に喘ぐしかできず、清巳は全身を引きつらせてまた精を吐き出した。

「イっちまったのか」

赫は腰を動かすのをやめて、鼻を鳴らす。

そのとき、カシャリ、という微かな音が清巳の耳に飛び込んできた。

「な……っ」

清巳は痛みと快感でぼんやりとした意識の中で必死に目を見開く。目の前で赫が、スマホのカメラで清巳の痴態を撮っていた。

「や、やめろ……っ！　やめてくれ……！　頼む……っ」

「やめるわけないだろ？　俺と繋がってるところも、あんたのイイ顔もちゃんと撮っておいたから。……あー、ホント可愛いよ、清巳。あんたがこんなに可愛いなんてな」

「お願いだ……赫」

懇願しても赫は「やだね」と一蹴《いっしゅう》するだけで、清巳の願いは聞き届けられはしなかった。

まだ清巳の中には赫がいる。必死でもがいても、赫に腰を回されれば、達したばかりの敏感になった体には、過ぎる刺激となって返ってくるだけだった。

「こんなんでも、感じてんのかよ。とんだ変態だな。なぁ、清巳」

どんなにひどいことを言われようと、今の清巳にはなにも言い返すことができなかった。すべて本当のことだからだ。

「もう一枚、っと」

またシャッター音がして、清巳は絶望感に苛《さいな》まれる。もう、終わりだ、そう思った。

再び赫が腰を動かしはじめた。何度も何度も犯されて、知らずにそのまま気を失い、闇《やみ》の中に落ちていった。

悪夢のような一夜が過ぎた。

赫は、下着ひとつ着けず裸でぐったりしている清巳をベッドに置き去りにして、夜明け前に帰っていった。

『またな』

連絡先だ、赫はそう言って清巳のスマホに勝手に自分の番号を登録し、にやりと意味ありげな笑みを清巳に向けて、立ち去った。

悪夢でもいい。夢であって欲しかった。しかし、それは単なる願望にしか過ぎない。それが証拠に、赫が清巳を責め立てた印が体のそこかしこに残っていた。

赫が清巳を犯したことは覆ることのない現実なのだ。

まったくひどい有様だった。

多少の痛みなら我慢もできる。しかし、この尻の穴の奥から内臓を突き上げてくる、嘔《おう》吐《と》感を伴う鈍いが体中に響いてくる痛みと、またそこから体の中をずたずたに引き裂かれるような鋭い痛みを我慢することはできなかった。

少し動くたびに、おそらくいったんは瘡蓋《かさぶた》ができて塞がりかけていたのだろうが、ビリ、という傷口が裂ける感覚に眉を顰める。そのたび、呻《うめ》きを漏らし、上半身を起こしたときには、冷たい汗で体中がびっしょりとなるほどだった。

しかしなにより清巳が苦痛に思ったのは、赫に抱かれていた間、この痛みを上回る快感に自分の体が悦《よろこ》んでいたということだ。

「くそっ」

憎々しげに、スマホに登録されている赫の電話番号を見る。そして、赫をこの家に入れてしまったことを今更ながら後悔した。こんなことならば、居留守を使ってでも拒否すべきだった。じわりと目元が熱くなる。滲みそうになる視界をぎゅっと強く目を瞑《つむ》ることで拒否し、その代わりにきつく唇を嚙んだ。

赫はあの行為を罪悪だともなんとも思っていない。わかっていてやっている。

そう思った途端、意識を手放す直前、どくりと自分の中の粘膜を震わせた感触を思い出した。自分も男だからそれがどういった現象によるものだったかを知ることはたやすい。

思い出すのも胸くそ悪かった。

――反吐《へど》が出そうだ。

早くこの忌々しい事実を消し去りたくてシャワーを浴びようと、のろのろとバスルームへ向かう。ギシギシと筋肉が軋《きし》み、また一歩足を踏み出すたびに、体中を劈《つんざ》くような痛みに顔を歪める。たった数メートルの距離なのになぜこんなに苦しい思いをしなければならないのかと、その理不尽さに憤りながら浴室のドアを開けた。

浴室の明かりの中で改めて体を見ると、下肢に拭い残された精液の残滓《ざんし》があった。一応は気遣ったようで、きれいにはしてくれていたようだったが、きちんと拭われてはいなかったらしい。

「……く……っ」

ぶるぶると体が震え上がる。

思い出すのも嫌だったが、体全体に刻み込まれてしまった感触はすぐに忘れ去ることなどできるものではない。痛みが、体の奥に残っているような異物感が、如実に自分が男に犯された事実を突きつけている。

吐き気を堪え、シャワーを浴びる。ゴシゴシと、体をまるですべての表皮ごと削り取るように洗い流していった。だがそこに残されている赫にされたことの痕跡《こんせき》を見つけるたび、怒りが込み上げてくる。

笑い話にもならない。

ドン、と壁を強く拳《こぶし》で叩いた。

こうやって、男に犯された跡をみっともない格好をしながらひとつずつ確認して、洗い流していく。無様だとしか言いようがない。笑ってごまかせるものなら笑い飛ばしてしまいたい。しかし——清巳は引きつった笑い声をたてながら、壁に頭を預ける。悔しくて止まらなくなった涙が、シャワーの水と一緒に紛れ流れていった。

「どうしたの？」

昼過ぎに帰ってきた真美が、ベッドに横たわっている清巳を見てそう言った。

熱があるのか、全身がゾクゾクと震え、清巳は布団の中で寝ているしかできなかった。

あれほど赫に痛めつけられたのだ。熱もあるだろう。

今日が日曜日でよかったと心底思った。この状態で仕事に向かうなど、とてもできることではない。

「ああ……、ちょっと具合が悪くて」

答えると、真美は清巳の額に手を当てる。

「あら、熱があるじゃない。それに、ひどい声。風邪《かぜ》かしら。薬は飲んだ？　ごめんなさいね。清巳さんが具合悪いなんて知らなくて、すっかり実家でのんびりしてきちゃって」

真美の言葉に清巳は笑い出しそうになった。熱も、声も、実の弟に犯されたせいだと知ったら、真美はどんな反応を示すだろう。

自分も真美と同じか。

男と寝てきた妻と、男と寝た自分と。

「薬……は飲んだ。大丈夫だ。少し寝ればよくなるから」

「そう？　じゃあ、ゆっくりしてね。あなたが倒れるなんて心配だわ」

心配そうに声をかける真美にうそ寒さを覚えたが、「ありがとう」と言葉をかけた。

「ねぇ、どなたかお客様が見えたの？」

真美の言葉に動揺する。

「あ、……ああ。弟が」

嘘ではない。

赫は紛れもなく、自分の血を分けた弟だ。とはいえにこやかに談笑していたわけではなかった。談笑どころか「変態」と嘲笑《ちょうしょう》されたのだ。おまけに女の姿で、女のように抱かれていた。

この上ない後ろめたさを覚え、清巳の心臓が早鐘を打つ。弟に抱かれたと真美には知る術《すべ》もないというのに。

「弟さん？　そうだったの。それじゃあ、留守にしちゃって失礼したわね。私もお目にかかりたかったのに」

真美は清巳のベッドを整える。この部屋で弟に犯されてから、既に何時間も経っているのに、赫の匂《にお》いが、赫と自分の精液の匂いがいまだ残っている気がしてならない。それは思い過ごしとわかっているが、真美に気づかれてしまうようで、気が気ではなかった。

「……また機会があるよ」

「そうね。私たちの結婚式にも出席してもらえなかったし、結局まだ一度もお会いしていないんだもの。会いたいわ」

無邪気にそう言いながら、あれこれ世話を焼く真美にいらだった。早くここから出ていって欲しい。

「なにか消化のいいもの作ってくるわね」

「面倒かけるな」

「やだ。他人行儀なこと言わないでよ。いいから清巳さんは、ちゃんと寝ていて」

真美の姿がドアの向こうに消えた後、清巳は目を瞑って今のやりとりを思い返し、冷たく笑った。

互いにいい妻いい夫を演じているが、まるで下手くそな三文芝居だ。観客のいない、二人だけの自己満足のためのもの。

ただ……こうやって夫婦間に亀裂を生じさせず、波風立てないでいることは、とても楽なものだ。よけいなストレスを溜め込まずにすむ。

さっき真美は他人行儀、という言葉を使ったが、そのとおりだろう、と思った。

真美に本音をさらしたことなど一度もない。真美とて同じだ。思えば結婚を決めたときも、真美も清巳もお互い熱烈に惹かれ合う、などという感情はなかった。どちらも自分にとって『釣り合う』相手だったから、結婚を決めただけのことだ。

けっして恋愛ではない。だが結婚というのは愛だの恋だのだけでできるものでもない。

どこか打算的な部分があるものだと清巳は思っている。だからきっとそういう結婚でも、幸せになる夫婦もいるのだろうし、清巳も結婚前はそうなれると信じていた。

しかし、現実はというと、真美には他に恋《こ》う男がいて、清巳は弟に抱かれた。傍《はた》から見れば順風満帆な人生も、実際はこんなものだ。

惨めだ。

また、赫にここまで嫌われていたということも、清巳には衝撃だった。実の兄を犯すまで赫は清巳を憎んでいたなんて。

なぜだ、どこで間違った。なぜ赫は——。

清巳は布団の中で体を丸め、嗚咽《おえつ》を漏らした。

『おにいちゃん』

赫が清巳をそう呼ばなくなったのは、いつからだっただろうか。

三

赫に乱暴されてからというもの、毎日スマホの着信音が鳴るたび、赫からの電話ではないかとびくびくしながら過ごしていた。しかし、一週間経った後でも、赫から電話が来ることはなかった。

傷が癒《い》えると、あれはやはり悪夢だったのだと、清巳は記憶の隅に赫とのことを追いやろうとしていたが、週末の金曜、不意にスマホは鳴った。スマホのディスプレイに赫の名が表示され、ぎくりとする。清巳は呼吸を整え、おずおずと電話に出た。

『清巳、俺だ。九時にコンチネンタルホテル、一八〇三号室。来ないとは言わせない。わかってるよな？』

低い、威圧するような声。有無を言わさぬ口調でそれだけを言い、赫は電話を切った。

清巳には選択肢はなかった。すっぽかせば、赫はなにをするかわからない。きっと容赦なく、この前撮ったハメ撮りの画像を持ち出すくらいはしかねない。あのときのシャッター音を思い出した途端、全身から血の気が引く音が聞こえた気がした。

これは望んだことじゃない。

赫に強要されたから――。

「お先に失礼します」

清巳は残業もそこそこに席を立った。

「お、珍しいな」

隣の席の先輩に声をかけられ、「すみません」と頭を下げる。

「なに謝ってんだ。柳田は働きすぎなんだから、もっと早く帰ってもいいくらいだって」

「いえ……でも、まだ資料の作成が」

「急ぐもんでもないだろ。休めるうちに休んでおかないと。休養は大事だぞ。それにあっという間に忙しくなる。うかうかしているとすぐに国会だからな。さっさと帰れ」

「ありがとうございます」

休養、と言われ、果たして休めるのだろうか、と清巳は溜息をつきながら職場を後にした。そうして無意識に、当然のように赫に抱かれることを考えていてぞっとする。

（……まだあいつが私を抱くとは決まっていないのに）

ホテルの部屋になんか呼び出したせいだ、と清巳はくっ、と奥歯を噛む。

赫が清巳にした数々の行為の記憶が、まだ生々しく残っていた。彼が清巳に触れた手の熱さも、首筋を吸い上げる唇の感触も、耳朶《じだ》を舐められたときの赫の唇が立てた音も。

清巳はそれらを思い出したくないとばかりに、首を振って庁舎を出る。

(抱かれたら……赫はまた私を抱くのだろうか)

赫の獰猛《どうもう》な視線を思い出しながら、足は指定された場所へと向かっていた。

ホテルは霞ヶ関からそう遠くはなく、躊躇《ためら》う暇もなくすぐに到着した。見慣れている景色なのに、今日に限っては知らない場所に思える。

仰々しく出迎えるベルボーイたちの視線すらまともに受け止められなくて、清巳は俯《うつむ》き気味にロビーの奥へと向かった。

大理石の床に靴音が響き、その靴音に居たたまれなさを感じる。エレベーターホールに向かうまでの間に何度も引き返しそうになった。

だが諦めて部屋を訪ねる。ドアの前でぎゅっと目を瞑り、小刻みに震える指でチャイムのボタンを押した。

「よお」

ドアが開き、赫の顔が目の前に現れる。まともに彼の顔を見られず目を伏せた。

ふわりとスパイシーな香りが鼻腔《びこう》をくすぐる。赫のつけているフレグランスだろうか。官能的なぴりっとした香りが彼らしい。彼の体臭と混ざり合ったその匂いに清巳は一瞬ぞくりとなった。

「お利口さんだ」

満足そうな顔をして赫は清巳を中へ通す。広い部屋だ。

このホテルは都内でも高いランクの部類に入り、宿泊費も当然安くはない。赫には金がないと思い込んでいたが、そうではないのかもしれない。

そうして部屋に置かれているダブルのベッドを見て、清巳の心臓がドクンと音を立てた。

「なに突っ立ってんだ。来いよ」

赫がそう言いながら清巳に大きな紙袋を投げて寄こした。袋の中身を見ると、そこにはウイッグや、女性物の洋服、そして下着まであった。

戸惑う清巳に赫は、「着ろよ」と意地の悪い笑みを浮かべる。

襟ぐりにボリュームのあるフリルをあしらったシフォンドレスはとても上質なもので、甘めの色味なのにデザインのせいか年若い女性でなくとも似合いそうだ。そしてそのドレスに合わせた色の、ブラジャーもショーツも総レースで出来ているセクシーなもの。

どれもこれも、高そうなものばかりだが、赫はこれを清巳のために用意したというのか。

一体赫はなにを考えているのだろう。こうなることはここに来たときに、なんとなく想像はしていたが、その先はまったくわからない。

「着替え、手伝ってやろうか」

ふるふると頭を振り、覚束《おぼつか》ない足取りでバスルームへ向かう。ドアを閉めてひとりきりになると、持たされた紙袋をどさりと床において、深く溜息をついた。

鏡の前に立ち、じっと自分の姿を見つめる。女装はいつもしていたが、こんなふうに自分の意に添わない装いははじめてだった。

清巳は黙々とネクタイを緩め、ワイシャツを脱ぎ——躊躇《ちゅうちょ》しながらレースのブラジャーとショーツを手にした。意を決したように裸の体に着ける。レースが肌に触れてちりちりとくすぐったくて、もじもじとしてしまう。おまけに小さなショーツの中に無理に性器を押し込めたものだから、どこか落ち着かなかった。とはいえ、ボクサーパンツのままではまたこの前のようにすぐに脱がされてしまうだろう。小さな布地でもないよりはましだ。

ドレスは驚くほど体にぴったりで、ボリュームのあるフリルのおかげか、とても男の体とは思えない。また色合いも清巳の肌の色に合っている。赫の見立ては腹が立つほど完璧《かんぺき》だった。

すべて着替えた姿で赫の前に立つと、彼はじろじろと清巳を見た。

やはりまた、この前のように赫を受け入れなければならないのだろうか。そう思って唇を噛んで俯く。

「清巳、ちょっと」

来いよ、と赫は清巳を再びバスルームへ押し込めた。なにをするつもりなのか、と清巳が首を傾《かし》げていると、赫はアメニティの安全剃刀《かみそり》を手に取った。

「脚」

脚？　と清巳は赫の言わんとしていることがわからず、きょとんとする。

「あんた、毛は薄いけど、ストッキング穿くならやっぱ剃《そ》った方がいいだろ」

きれいにしてやるよ、そう言って赫はシェービングフォームを手のひらに出した。

「早く」

急《せ》かされて、清巳は浴槽に腰かけ、赫の目の前に脚を差し出した。赫にかしずかれ、脚に剃刀を当てられる。ひんやりとした感触と、剃刀で撫でられる感覚にゾクゾクとした。

腕も同様に剃られ、すべすべになった肌をまじまじと見つめる。

濡れたタオルで赫に肌をきれいに清拭され、その後、指ですっと脚をひと撫でされた。

「…………っ」

思わず、声が漏れそうになった。

さっきから、清巳の中でもどかしい感覚がざわついていた。

なぜ自分は逃げ出さないのだろう。なぜ赫の言うなりになっているのだろう。

いくら赫に強要されているとはいえ、どうして自分は抵抗のひとつもせずに、人形のごとく赫に従っているのか。コントロールのできない自分に清巳は惑乱する。

それに――。

ドレスを着ることに、今日ほど気持ちが落ち着かなくなったことはなかった。赫に自らを委《ゆだ》ねすべてを見られて……恥ずかしいが、それだけではない、なにか甘美なものを感じてもいる。――だがすぐにあり得ないことだと、その感覚をなかったことにした。

バスルームを出た後、赫は器用に清巳にメーキャップを施した。

シートマスクまでされて肌を整えた後、リキッドファンデーションを塗りつけられた。毛穴のひとつひとつまで埋め込むようにスポンジで叩き込まれ、さらにブラシでパウダーを載せる。清巳が我流でしていた化粧とは大違いだ。こんなことまで知っているのか、と清巳は妙に感心した。

本当に……これまでどんな生活をしてきたのか。

勉強と仕事しかしてこなかった自分とは大違いだ、と清巳はぼんやりと赫の手の動きを見つめていた。

「上手いもんだろ」

目尻までアイラインを入れながら赫は機嫌よさそうに言う。

「慣れてるみたいだな」

「生きるためになんでもやったからな、俺は。あんたと違って」

「女のヒモとか？」

わざと剣呑《けんのん》に言ったが、赫はまともに取り合おうともせず、「いい女だったぜ」とにやりと笑って返された。

眼鏡を外されているせいで、あまりはっきりとはわからなかったが、赫にメイクされた顔は、確かに彼が自画自賛するだけあって、清巳が自分でするよりも格段にきれいに仕上がっていた。

「なに見とれてんだ。ここまできれいにしてやったんだ。ちょっとつき合え」

「つ、つき合えって……？」

「いいから、俺の言うとおりにしろって。酒飲みに行くぞ」

まさかこの格好で外に出ようというのか。清巳は狼狽《ろうばい》した。

「酒、って。赫……！」

「ホラ、そこのハイヒール履いて。……よし、大丈夫そうだな」

赫に言われるままに床に置かれていたハイヒールを清巳は履く。踵《かかと》が絨毯《じゅうたん》に沈む。履いたことのない高い踵の靴に、足元がよろめいた。ましてや眼鏡もなく視界も不安だ。

「安心しろ。俺が手を繋いでいてやる」

ククッ、と可笑《おか》しそうに笑い、赫は清巳の手を握った。

ふらふらした足取りで部屋を出ると、赫は清巳の手を引いてエレベーターへ乗り込んだ。

「このホテルのバーラウンジがロマンティックなんだとさ」

ロマンティック、という言葉がこれほど似つかわしくない二人もいないだろう。清巳はその言葉にそらぞらしさを覚えながら、だが反論することはなかった。投げやりな気分で立ち尽くす。

上階へのボタンを押すと、赫は清巳の腰を抱いた。その仕草があまりに自然で清巳は回されている赫の手を振り払うことができなかった。

「赫……頼む、私を帰してくれ」

エレベーターの扉が閉まると、清巳はふと我に返った。

このままの格好で人前に出るのは憚《はばか》られる。いくらメイクや洋服で取り繕っても、所詮《しょせん》は三十路《みそじ》の男だ。

「ダメだ」

「どんなに頼んでもダメなのか」

「なに言ってんだ。あんたには選択権なんかない。どうしても嫌なら逃げればいい。そしたら俺はあんたのことを記事にするだけだ。女装癖の官僚なんて、週刊誌がこぞって買ってくれそうなネタだしな」

横目で清巳を見る赫の目がぬめりを帯びていて、湿度の高いその目を見た瞬間、得体の知れない怯えに皮膚がぞくりと粟立った。

――無理だ。

なにを言っても、赫はおそらく清巳を解放しない。

「こんな……こんな姿で、人前に出るなんて……。いくら化粧しても、周りにはすぐに私が男だってわかってしまうだろう」

「それが？」

なのに、赫はそんなことはどうでもいいとばかりにあっさりと斬《き》って捨てた。

「それが、って……！」

「心配するなって。夜に紛れちまえば、全部そんなのあやふやになる。それに、あんたはきれいだから、そうそう男だなんて思わないって。そこらのねえちゃんより、ずうっと美人だよ」

赫の指が強《こわ》ばっている清巳の頬を撫でた。

「きれいだって言ってんだろ。そんな顔すんなって」

「ひとを揶揄うのもいい加減にしてくれ……ッ！」

腰に回されている赫の手を外そうとした。が、びくともせず、逃れられないばかりでなく、いっそう強く抱き寄せられる。

赫のもう一方の腕が清巳の首に回されるや否や、唇が乱暴に合わせられ、すぐに深く貪《むさぼ》られた。息をすることさえ許さないとばかりの傲慢《ごうまん》な口づけに、清巳の頭は朦朧《もうろう》とする。

「んっ、……んんっ……ん、っ……」

赫の舌先が清巳の舌を搦《から》め捕り、口腔《こうこう》内を蹂躙した。清巳は赫の胸を拳でドンドンと叩くものの、彼は唇を離そうとはしなかった。

「……っ、……ぁ、はぁ……」

この口づけはどんな意味を持つのか。なにを意味するのか。単に清巳の口を塞ぐだけなのか。それとも――。

いや、わかっている。これは意味をなさない行為なのだと。

清巳の中に乾いた風が吹き抜けてゆく。途端、喉の奥がひからびていくような気がした。

ようやく唇を解放されたのは、エレベーターが目当ての階に到着したときだった。


都内の夜景が一望できますよ、と席に案内されたが眼鏡もコンタクトもなくては夜景の美しさは無意味だった。くっきりと見えていれば、街灯《あか》りの光の粒が眼下で星のように輝いているのに感動もするのだろうけれど、ぼんやりとした景色しかわからない。なんとかまともに見えているのは……赫の顔だけだ。清巳は椅子《いす》に腰を下ろしたが、落ち着かない気持ちで視線を彷徨《さまよ》わせる。

「赫……どういうつもりなんだ」

ジンベースのカクテルを一杯飲んだ後で、清巳は訊《たず》ねた。その問いに、赫は指でグラスを弾《はじ》きながら、「デートだろ」としれっと答える。

「そういうことじゃなくて……！　ふざけるな」

「ふざけてなんかないって。あんた、そうやってた方が素直で可愛いしな。いつもの取り澄ました顔より、よっぽどいい」

じっと清巳を見つめる。

「そ、そうじゃなくて。どうして私をこんなところに連れ出した」

赫の視線に耐えきれず、清巳は目を逸らした。

「だからデートだって」

言いながら、赫はちらちらと店の入り口の方へ目を配らせている。なにかを気にしているようだ。誰か人でも待っているのだろうか。

「——来た」

ぼそりと、聞こえるか聞こえないかくらいの小さな声で赫は呟《つぶや》いた。

「誰か待ってたのか」

訊ねたが、赫に「しっ」と手のひらで唇を塞がれる。赫はそのまま何気ない振りを装って、しかし、注意を背後に払っていた。

清巳も気になって耳をすませる。

どうやら赫が気にしていたのは二人組の男、だということだ。ただひとりの男がもうひとりの相手を「先生」と呼んでいたところをみると、医者か弁護士か、それとも政治家か。赫が気にしているのだとしたら、そのあたりの職業なのかもしれない。おそらくなにか記事のネタを摑むために待ち伏せしていた、そんなところだろう。男たちはカウンター席に腰かけ、バーテンと談笑をはじめていた。

「あんたはここでおとなしくしてろ」

逃げるなよ、と念を押して赫は席を立った。きっと彼らの顔でも確認してくるつもりなのだ。

そしてすぐに、ちっ、という舌を打つ音をさせて赫が戻ってきた。

「どうかしたのか」

訊くと、赫は渋面を作って、親指の爪を噛んでいた。爪を噛むのは赫の小さい頃からの癖だ。イライラしていたり、考え込んでいたりすると、赫は爪を噛む。ときにそれが過ぎることがあって、よく深爪していた。こういうところは昔とまったく変わらない。

「別に……当てが外れただけだ」

少しふて腐れたような言い方で赫が言う。赫は一体、誰を見ていたのか、と清巳が振り返ってみたが、はっきりとしない視界では赫の目当てが誰なのかもよくわからなかった。

「誰かを追ってるのか」

赫は相変わらず爪を噛んでいる。当てが外れたのがよほど悔しかったらしい。

「あんたには関係ねぇよ」

「人をこんな格好で連れ出したんだ。関係ないわけないだろう」

「たいしたことじゃない。とある議員様の素行の悪さを調べてただけだ。今日あたり、現場が押さえられると思ったんだけどな」

それだけだ、と赫はやっと爪を噛む手を口元から外した。

今日は金曜日だ。国会議員はたいてい、週末には地元に戻り、また週明け月曜日、あるいは火曜日の朝に都内入りする。いわゆる資金集めのためのパーティーが火曜日から木曜日に集中するのもそのためだ。

金曜の夜にここにいるということは、赫が追っているらしい議員は地方の議員ではないのか。東京、もしくはこの近県が選挙区の議員ということになる。

誰だろう、と少し気になったが清巳には直接関係ないことだ。

「しょうがない。清巳、帰るぞ」

飲みかけのカクテルを飲み干すと、赫が帰ると言いだし、清巳はやっとこの姿から解放されると安堵《あんど》した。来たとき同様、赫に腕を引かれ清巳は席を立つ。相変わらずハイヒールで歩くのは難しく、すぐにカクン、と足首を捻ってしまいそうになる。赫が手を引いてくれるから、ぼんやりとした視界でもなんとか歩けてはいるが、ひとりでは到底無理だっただろう。

少し歩くとまた足がよろめいた。運悪く、ヒールがなにかにひっかかり、体はバランスを崩して、カウンターに座っている男性にぶつかってしまった。

「す、すみません」

清巳はぶつかった男性に向かって謝った。

「ああ、お気になさらず」

その男性は清巳の手を取り、にこやかに笑いかけた。

「それよりあなたの方は大丈夫？」

男性の顔は、この薄い明かりと、そして視力の出ていない目でははっきりとはわからなかったが、どこかで聞いたことのある声だった。誰だろうと一瞬考えていると、赫の声に遮られた。

「すみません。連れがご迷惑をおかけして」

ぐい、と清巳の体は赫の方へと引き寄せられる。

「いいえ迷惑なんて。こんな美しい方なら、何度ぶつかっていただいても構いませんよ」

歯の浮くようなセリフを平然と言ってのける声。

テレビでもよく聞く声だ。最近、討論番組にもよく出演している若手の議員。近頃は精力的に活動しているらしく、そういえば妻の実家でも、彼の地元だということでこの議員を応援していると聞いたことがあった。

なるほど、赫が気にしていたのはこの男か、と清巳は得心した。彼ならば「先生」と呼ばれてもおかしくはない。また清潔感を売りにしている彼のスキャンダルなら、誰もが食いつくネタだろう。

清廉潔白さを売りにしている議員ではあるが、火のないところに煙は立たない。一見白く見えても、裏では後ろ暗いことをしているのかもしれない。どこもかしこも、誰も彼も、そんなふうに生きている——大なり小なり秘密を抱えて。

その秘密がいつか暴かれる日はくるのだろうか。

清巳は自分が抱えている秘密もいつか暴かれるときがくるのかもしれない、と目の前の男性を焦点の合わない目でぼんやりと見ていた。

「行くぞ」

赫に声をかけられ、男性に会釈し踵《きびす》を返す。清巳の腕に赫の指が食い込むほど、強く掴まれていた。

掴まれている腕は痛かったが、それよりも赫がそれなりに仕事をしていたらしいことに清巳は妙な安心感を覚えた。

ずっと音信不通だった弟だ。

こんなふうに歪んだ関係になっても、心のどこかに赫を心配する気持ちは残っているらしい。いくら、赫を疎んでいても、そして赫に疎まれていたとしても、血の繋がりがそうさせる。これはもう理屈ではないのだ。

赫の表情を窺うと、憮然《ぶぜん》とした横顔だけがぼんやりと見えていた。

そのまま連れ出され、荒っぽく手を引かれる。どうやら気分を害している。エレベータ

ーに乗ってからも赫は口を開かず、そうして清巳を部屋に押し込めた。

「な……っ、赫……」

赫に突き飛ばされ、清巳の体はベッドへどさりと沈んだ。

「誰にでも色目使ってんじゃねえよ」

赫は横たわった清巳の横に腰かけると、両肩を押さえ込んだ。

「色目って……誰に。そんなもの使ってない」

なにを言いだすのか、と思った。冗談のつもりなのかとも思ったが、睨んでいるかのごとく見つめてくる赫の目は、ひどく憤りを滲ませている。

「じゃあ、あれはなんだ。さっきのは」

「あれは、踵が引っかかって、よろけてしまっただけだ」

「そのわりに、あいつしつこくあんたの手を触ってたじゃねぇか」

くそっ、と赫は吐き捨てる。

「そんなの私の知ったことか」

結構な言いがかりだ。単なる偶然にいちゃもんをつけられ、清巳は呆《あき》れたとばかりに溜息をついた。

「どうだかな。あいつの目はあんたを狙《ねら》ってたぜ。あいつ、清潔感が売りだが、実はかなりの女好きでね。あのまま放っておいたらどうなってたことか。あんたも色っぽい目であいつを見てた」

「知るか。いい加減にしてくれ。もう気はすんだはずだろう、赫」

早く帰してくれ、と清巳は起き上がろうと藻掻《もが》く。

「やだね。……本当は、今日はこれで帰すつもりだったけど、気が変わった」

赫の目の色が凶暴に変化する。

「赫……っ！」

「あんな男に色目を使った罰だ。お仕置きだな」

標本箱の蝶々《ちょうちょう》のように、清巳の体はベッドに縫い止められた。


「――――っ、…………ぁあ……ッ」

ヴヴ、と低い振動音が体の中から響いている。清巳の顔が青ざめていた。

「う……っ、……ぁ……ァ、あっ……や……っ」

後ろに埋め込まれた異物が、蠢いている。小型のローターだ。小刻みに粘膜を抉るように動くそれが清巳の快感をまた引きずり出す。内臓まで震わせる終わりのない振動に、手も触れていない清巳のペニスは硬くなっていた。

「あぁっ、……は…ぁ、……んっ、……ん」

清巳の中にローターを入れた後、赫は部屋から出ていってしまった。それからもう随分時間が経っている。今が何時で、あれからどれだけ時間が経ったのかもわからない。

上半身はドレスを中途半端に脱がされて、着けているブラジャーからは乳首が見え隠れしていた。ローターを入れられた後孔をショーツで押さえ込まれ、振動するたびレースの感触がショーツの中のペニスも刺激する。

誰もいない安心感もあってか、出す声を抑えられなかった。身を捩り、くねらせながら、清巳はひっきりなしに声を上げ続けた。淫《みだ》らな玩具《おもちゃ》に後ろを弄られているのに、両手を頭の上で縛り上げられていて、それを取り出すこともできなかった。

あまり藻掻いたせいなのか、それとも両手を縛った結び目がはじめから緩かったせいなのか、不意にするりと右手が縛り目から抜け落ちた。

ローターの刺激に耐えきれなくなった体が違う刺激を求めている。

ここには誰も見ているものはいない。ひとりだけだ。ごくりと息を呑んだ。

目を瞑る。

「ん……」

清巳は自らの股間《こかん》に手を伸ばす。ペニスに手が触れるその瞬間——そこで振動はぴったりと止まった。

「……あ……」

後ろの振動が止まっても、ひとたび疼いた体は刺激を求めてしまう。後ろの孔も、ペニスも、乳首も弄って欲くてたまらないのに、なにも与えられない。物足りなくて、体の熱ばかりが内側に籠《こ》もる。

「どうして欲しい」

いつの間に戻っていたのか、冷ややかな赫の声が聞こえた。

「………赫」

虚《うつ》ろになっている視線を彷徨わせると、赫の姿が側にあった。

「どうして欲しい？　言ってみろよ」

赫の声は冷めていた。清巳の中にある熱とは対照的に、冷たさを帯びている。だが赫の目は冷たくとも、彼の手も体も熱いことはもう知っている。

この体の熱を鎮めてはもらえないだろうか。そうだ、この熱を鎮められるのはあの行為だけだ。赫のあの手で、あの体で。でもそれだけは――。

「……い、……やぁ……あ、……ぁッ」

またもや中のローターが振動をはじめた。容赦なく、清巳の中を嬲っていく。

「あ、あ、あ、っ」

理性もプライドもなにもかもが壊れていく音が、どこからか聞こえてくる。すべてをその音に壊され、粉々にされてしまうような気がした。

「どうする?」

赫は手を下さない。やはり冷めた目で、じっと清巳を見ていた。

「嫌な……ヤッ」

「今更。さあ、どうする」

「す、……好きにすれば……いいだろう」

「それは俺が決めることじゃない。あんたが決めることだ」

薄笑いを赫が浮かべる。酷薄とも思える笑みに清巳は囚《とら》われるように見とれる。

「後ろの……とって、くれ……」

「とってください、だろ」

屈辱的な言葉を言わされることへ抵抗はあったが、とにかくもう体が耐え切れそうにならなかった。

「と……って……くだ……さい。お願い……だから」

切れ切れの声で懇願した。

「上出来だ」

清巳の言葉を聞いた赫は満足そうに目を細めると、清巳の体内に強引に指を入れ、動き続けるローターを一気に引きずり出す。

「ん――――っ！」

過ぎる衝撃に清巳が喉を鳴らした。間をおかず、赫が清巳を背後から抱き起こす。両足を開かされ、まるで子供に排泄《はいせつ》を促すような体勢をとらされた。

「ほら、見ろ。あんたの、そのやらしい格好」

ぐい、と顎を正面に向けられる。向けた先にあるのは部屋全体を映すことができる大きな鏡だ。そこに自分の姿がすべてさらけ出されているのを目の当たりにさせられる。

「眼鏡かけてちゃんと見てみろよ」

赫の手で眼鏡がかけられる。

鏡の中に映り込んでいる自分の姿に呆然とした。

目尻が赤くなって、瞳《ひとみ》はとろりと溶け、だらしなく開いた唇は唾液《だえき》で濡れている。ブラジャーから覗いている乳首も膨らんで、まるで触ってくださいとばかりに赤く尖っていた。小さなレースのショーツからはペニスがすっかり勃ち上がり、透明の汁を滲ませた先っぽがはみ出ている。また、ショーツに収まりきれていない陰嚢も窮屈そうに形を歪め、それがひどく卑猥だった。

つう、と指先で竿の形をなぞられる。レースの生地に擦られ、ペニスは敏感に反応する。

「……っ、は……ぁ……っ」

陰嚢を揉みしだかれ、卑猥に赤く染まったペニスの先から蜜が溢《あふ》れ出す。

「パンツびしょびしょじゃん」

もっと奥まで見えるようにと赫は清巳の足をさらに割り開いた。ショーツの小さな布きれを横に避けて見えた後ろの孔は、空気に嬲られ淫らにひくひくと蠢いている。

「……あ………っ」

こんな姿をずっと見られていたのか、と清巳は羞恥に震え上がった。そして鏡の中にある赫の視線がまた自分を舐め回すように見ていることに気づく。まるで視姦《しかん》されているようだった。恥ずかしさに視線を逸らしたとき、赫が手を滑らせて右の乳首を摘むように立たせた。

「ひ……っ」

「あんたがどれだけ淫乱なのかわかったか？　乳首もさ、こんなに赤くいやらしく膨れて。よっぽどここ好きなんだな。……ああ、前もトロトロになってる。涎垂《よだれ》らしてるみたいだ。清巳……こんなに感じてる乳首そうそうねえよ」

指の先でこよりを捩るように乳首を捻られ、その刺激に仰《の》け反る。その動きでかけていた眼鏡がずれ、そのままベッドへ落ちていった。

「もっともっと可愛がってもっとおっきくしてやるよ。……誰が見ても男に吸われて可愛がられてました、っていう乳首にな」

耳許でそう囁《ささや》かれて、ますます体が熱を帯びる。

赫に摘まれた乳首を揉み込まれ、腰が揺れる。けれど、赫が弄っているのは右の乳首ばかりでもう片方には触れもしない。右側ばかりを摘んだり押し潰したりしている。

「……あ」

左側も弄って欲しいのに、与えられずほったらかしにされている。焦らされているようで、ねだるように体を捻った。赫の顔を見る。

「どうして欲しい？」

意地悪く赫が訊く。

「こ、……こっちも」

掠れた声で答えると、赫はクスクスと笑う。

「こっちも？　こっちもどうされたい？」

さらに意地の悪さを見せて赫が訊く。わかっているのにわざと訊くのだ。清巳は唇をきゅっと噛み、なにもかもかなぐり捨てて喘ぐように答えた。

「触って……」

「触るだけでいいのか？　あとは？　乳首触って、それだけか？」

赫が笑う。これまで触れることがなかった左の乳首を指でピンと弾いた。ひくりと痙攣《けいれん》するように体を固くする。勃たせているペニスからは先走りがこぼれて股間を濡らしていく。垂れ落ちている透明の液体のせいで、女のように濡れた後ろはじくじくと浅ましいほどにひくついている。体の奥がせつないほどに疼いて物足りない。

「どうして欲しい？」

囁きかける赫の声が呪文《じゅもん》のように響く。

「入れて……くれ、……ここに、……欲しい」

上擦った声で羞恥を噛み殺し、指で後ろを開いてせがんだ。

「また間違った。入れてください、だ。ちゃんと言わないと、あんたの欲しいものはあげられない」

キリキリと捻り上げられた乳首をきつく抓《つね》られた。

「…………ッ、ぃ……っ」

じんじんとする痛みすら、感じるための材料にしかならない。

「やっぱ痛いの結構好きだよね、あんた。ここも、パクパクしてる」

涎のように蜜を溢れさせている割れ目に爪を突き立てられ、また指で開かれる。粘膜が空気にさらされ、ひんやりとした感触を覚えた。それすらも刺激で、はしたなく声を上げる。

「入れ……いれて、くだ……さい。ここを、赫ので埋めて……」

教え込まれたセリフを吐くしかなかった。

身も世もなく喘ぎ、再び後ろを開いてねだると、赫は清巳の唇に優しく口づけた。唇が触れたとき、そういえば、さっきもエレベーターの中で口づけられたのだった、と触れた唇の感触を思い出した。

　兄弟で唇を求め合う、そのことがひどく背徳的な行為に思えて仕方がない。キスよりもっといやらしいことをしているのに、キスの方がよりいっそう後ろめたさを覚える。この口づけに赫はなにを思っているのか。

　そう思った途端、赫が清巳の体をベッドに押し倒し、腰を摑まれて尻を上げさせられた。そのまま赫のものを穿《うが》たれる。ぐっと腰を打ちつけられる衝撃に、体が波打った。つい今し方まで、ローターを押し込められていたため、中は蕩けきっている。最後まで押し込まれたとき、痙攣するように中が小刻みに震えた。

「やっ、や、あ……あっ、……ぁあ……っ」

　がくがくと揺さぶられて、清巳は身も世もなく喘ぎを漏らす。そしてもっと深くもっと奥へと赫のものを感じたくて、足を赫の体に絡ませた。ぐちゅり、という内壁を抉る音と赫が腰を打ちつける音と、喘ぐ互いの声にひどく興奮させられる。

「…ん、はぁ……あぁっ……ん、んっ」

　赫が中の前立腺を責めるように擦り上げると清巳は跳ねるように喉を見せながら背を反らせ、赫を痛いくらいに締め上げる。これまで経験したことのない快楽に思わず赫の肩に歯を立てる。

「あんたなんか壊れちまえばいい」

ひどいことを言いながら、赫は清巳の体を再び抱き起こす。いったんずるりと中に入っていたものを引き抜かれ、思わず、「あ……」と声を漏らしてしまった。満足そうに赫が笑い、あぐらをかいた姿勢の赫に、赫の方へ背を向けるように抱え上げられ、突き落とされるように下ろされる。下から思うさま貫かれた。

「――――ぁあっ」

そしてそのまま律動が再開される。角度が変わり、揺さぶられるように穿たれると、清巳は咥えているものを離さないとばかりに、あさましく締めつける。

「こっち、見ろよ。これが本当のあんただ」

赫に促され、虚ろに泳がせていた視線を上げる。さっきの鏡に己の痴態が映っていた。

「……や、……やめ……っ、……っ」

「どうして？　やらしくて可愛いって」

そう言って、赫は中を掻き回す。はちきれそうになっている清巳のペニスの先からだらだらと先走りがこぼれ落ちるのも、自分から腰を回してねだる姿も、あからさまに映し出されている。けれど、もうそれを気にしている余裕はとうになくなっていた。

「ああっ、……っ、……い……きた…っ、あぁ……っ」

もっと奥を突いて欲しいと身悶《みもだ》えるように体をくねらせる。赫にしがみつくこともできない行き所がなくなった両手は、自らの乳首を知らないうちに弄っていた。

「いきたいか？」

赫の手が清巳の乳首を弄っている手に添えられる。清巳は頷《うなず》いた。すると、赫は捻るように清巳の乳首を引っ張り上げる。

「いけよ」

その赫の言葉とともに、前面の鏡に向かって精液を吐き出す。

「あ、あ、あ、――ッ」

自分で自分に向かって射精してしまった淫らな自分が本当の自分なのだ。弟に犯され、さらには自らを自らで犯すという背徳に、後戻りできない昏《くら》い快感を覚える。

そして、そう思いながら、もう堕《お》ちていくしかなかった。

四

「……っ、つぅ……」

不意に襲った痛みに、思わず胃のあたりを押さえた。

「どうしたんだ？　腹、痛いのか？」

同僚の礒崎《いそざき》が焦った声を出す。

昼食を摂《と》りながら午後の仕事について打ち合わせをしていたときだ。近頃どうも胃の調子がおかしいとは思っていたが、この数日はそれが顕著になっていた。

「柳田。最近、なんか疲れてんじゃないのか」

「そうか？　そんなことはないと思うんだが」

箸《はし》を持つ手が一瞬止まる。礒崎は清巳の爛《ただ》れた生活を知らない。

まさか、と笑って答えた。

「だってホラ、その目の下のクマとかさ。ときどきひどい顔で登庁すんだろ、おまえ。上の空でぼーっとしてるときもあるし」

大丈夫か、とまじまじと顔を見られ、清巳は苦笑した。

礒崎に指摘されたことは否定ができなかった。ここのところ疲労がかなり溜まっている。仕事はともかく、この疲労の原因は赫だ。

数日おきに呼び出され、朝方近くまで抱かれるということもある。

赫は会うたび清巳に女の格好を促し、清巳はそれに応《こた》える。赫にとっては結局、自分は女の代用でしかないのだろう。

それでも以前よりはどこか気持ちが落ち着いている。開き直って赫を受け入れるようになったせいなのか。それとも自分が、実の弟にさえ淫らに腰を振るような、単に快楽に弱い人間だと自覚するようになったせいなのか。

ただ、時折胃に差し込む痛みが走る。ストレス性の胃炎だろうとは思っているし、原因も明らかだから、根治させようにも清巳にはどうにもできない。医者にかかったところで薬を処方してもらうくらいで、結局せいぜいが胃薬を飲んで我慢するだけだ。

「平気だ。ちょっと……弟につき合わされたりしてるだけだから」

「弟さん？　ああ、前に聞いたっけ。随分と自由奔放だとか言ってた。その彼？」

ああ、と清巳は答えた。

「へぇ、兄弟仲いいんだな」

礒崎の言葉に苦笑して、曖昧に「そうかな」と答える。

「そうだよ。俺なんか兄貴と顔を合わせるのもごめんだけどね。でも、そうやって兄弟一緒に飲みに行ったりとかできるのいいよな。ま、ほどほどにしとけよ」

言って、礒崎は「俺、煙草《たばこ》吸ってくるわ」と席を立った。

——兄弟、ね。

今の自分と赫のような関係にあっても、果たしてそれは兄弟と呼べるのだろうか。

喉が渇いた。

がさがさと喉の奥が乾いている。

なにか飲むものを、と思い、食堂を出てから売店の脇《わき》にある自動販売機の前に立った。ポケットから小銭を取り出し、投入する。金属の落ちていく音が響いてあたりの空気に吸い込まれていった。清巳の指がランプの点《とも》っているボタンのそのひとつをぐいと押すと、ガコン、と自動販売機から一本のペットボトルが落ちてきた。

かしり、とペットボトルの蓋《ふた》を捻って開け、中の液体をごくごく喉を鳴らして勢いよく飲む。だがいくら飲んでも渇きは癒やされなかった。これだけ飲んでも喉の奥ががさがさとしている、と清巳は空になったペットボトルを持ち上げる。物理的な渇きが原因ではないような気がした。

そういえば、赫に口づけられたときも喉の渇きを覚えた。どこか空しくて、なにかが足りないような、その乾いたような寂寥《せきりょう》感。それと同じだ、と清巳は空になったボトルを見つめた。

ちょうどそのとき、ポケットに入れていたスマホから着信を告げるバイブ音が聞こえた。赫からの呼び出しかと思ったが、意外にもそれは真美からのＳＮＳメッセージだった。

――今日は早く帰ってきてください。

絵文字のハートがむやみに散らされたメッセージを見た途端、胃液が食道を上ってくる気配を感じた。息を詰めてそれをやり過ごす。せり上げてくるむかつき感を堪え、「定時で上がるようにします」と返信した。

――そうだった。

すっかり忘れてしまっていたが、今日は真美との三度目の結婚記念日だった、と机の上に置いていている卓上カレンダーを眺めて、ぼんやり思った。

気持ちはともかく夫婦でいる以上、きちんと生活は続けなければならない。

仕事を早く切り上げ、定時に職場を出た。

帰る道すがら、花屋に寄る。せめて花くらいは買っていった方がいいだろう。

真美はピンクのバラが好きだ。

「ピンクのバラをメインにして、花束を作ってもらいたいんだが」

結婚記念日なんだ、と女性の店員に告げると、にこにこと彼女は、様々なバラが並んでいるストッカーへ案内してくれた。

「どんな感じのがよろしいですか」

「そうだな……。ゴージャスな感じの……こういうのとか」

言いながら、オープンストッカーの側へ行く。すると鞄《かばん》をストッカーの脇に立てかけてあったポールへ引っかけてしまう。

「すみません」

謝って、清巳はポールから鞄を取り外そうとした。

「……っ、つぅ……」

鞄にだけ気を取られていたせいか、側にあったストッカーからバラの枝が出ていたことに気づかず、まだ処理をしていないバラの棘《とげ》が指に刺さった。

「大丈夫ですか？」

店員が慌てて訊ねた。

「ええ、大丈夫です。すみません、うっかりしていて」

指の腹から血が滲んでいる。ぷっくりと玉を形成しているそれをハンカチで拭い取る。

店員がわざわざ持ってきてくれた絆創膏《ばんそうこう》を指に貼《は》りながら、昔、野バラの棘で赫と一緒に怪我をしたことを思い出した。

赫は——小さい頃はいつも、清巳の後ろをついてきていた。

バラは母親の趣味のひとつで、昔から家の庭には野バラのアーチがある。幼かった赫はそのアーチを彩るきれいな花に触りたかったのに違いない。興味津々とばかり花に触ろうと手を伸ばしたのだ。怪我をするからと、赫が手を伸ばしたところで清巳が止めたようとしたのだが、そのときには遅かった。結局二人とも細かな棘を刺してしまい、細かいだけに抜くのに苦労したのだった。

赫の指から赤い血が滲み出ていた、と今でもその光景が思い浮かぶ。

小さな手は、刺さった棘があまりに痛かったせいか、ぎゅっと握りしめられていた。握っている力がよほど強かったのか、血が滲んでいる赫の指は白かったのを覚えている。

清巳は「ちょっと我慢して」と赫の指を開かせた。清巳の指が触れた瞬間、赫は痛みにぎゅっと目を瞑って体を強ばらせたが、歯を食いしばりながら清巳に従って掌を開く。

手のひらの中には他にもささくれた木の枝もあった。それらが赫の指を傷つけていたのだろう、赤く染まっていた。

清巳の指にも棘は刺さっており、しばらく痛みが引かなかったことを思い出した。

――そんなこともあった。

皮肉なものだ。

赫とはそうやって流した血の、その細胞の塩基配列もほぼ同じなのに、その同じ体液を混ぜ合っている。禁忌を犯していることは百も承知で、それでも赫から逃れられることなく、縛りつけられたままだ。

なのになお、あえて棘だらけの道を二人歩いている。

この関係を続けたところで、互いに傷つくとわかっているというのに。

「はい、出来上がりました。こちらでいかがでしょう」

店員が、たくさんのバラを束ねた花束を差し出す。当然だが、このバラにはもう棘はない。怪我をすることも……ない。

「ありがとう。とても可愛らしい」

「奥様、喜ばれるといいですね。結婚記念日に花束なんて本当にすてき」

「そうですか?」

「ええ。すてきなご主人からお花のプレゼントなんて女性なら皆喜びますよ」

「だといいのですが」

清巳はそれを受け取って、花屋を後にした。それから真美の気に入りのワイン専門店で見繕ってもらったワインも手にし、自宅へ戻る。

こんなふうに帰宅するのはいつ以来だろうか。いいのか悪いのか、今日に限っては赫からの連絡もない。連絡が来たら赫を拒むことなく、自分はきっと真美を放りだして駆けつけるのだろう、と眉の間に皺を刻み、唇の片側を引き上げた。

インターホンを押すと、今日は「おかえりなさい」と真美の上機嫌な声が聞こえてきた。

出迎える妻は、いつにも増してめかし込んでいた。薄い化粧に、清巳が見たことがないワンピースを着てにっこりと微笑《ほほえ》んでいる。

リビングの奥からは、美味《おい》しそうないい匂いが漂ってきて、真美が腕をふるったのだとわかった。

「いい匂い。ご馳走《ちそう》かな」

清巳も微笑みを返すと、真美はうふふ、と楽しそうに笑った。

「だって結婚記念日じゃない」

真美は本当に機嫌がよさそうだった。ウキウキと浮かれているのが清巳にもよくわかる。こんなふうな彼女を見ていると、この生活が本物なのだと錯覚をする。仲のいい夫婦。平穏な毎日。

「そうだな。はい、これきみの好きな花」

真美に花束を手渡すと、真美はさらに満面の笑みを浮かべた。

「わぁ！　うれしい。清巳さん、私の好きなお花覚えていてくれたのね」

「そりゃあね。夫婦だろ」

しらじらしいセリフだ。やはりこれは芝居の続きなのだと、清巳の中で冷めるものを感じる。そしてこれが芝居なのだとしたら、本当の自分の人生はどこにあるのだろうか。

「早速飾るわね。やっぱりテーブルの上がいいかしら」

真美は花を持って、いそいそとリビングの方へ歩いていった。

清巳は着替えるために、寝室のドアを開けた。上着を脱いでネクタイを取り、ワイシャツのボタンを外す。

ふと、ワードローブの扉につけられている鏡に目を遣ると、鎖骨の下あたりに赤い痣《あざ》を見つけた。ゆうべの情交の痕だ。

こんなところにまで……。

消えるわけもなかったが、ぐいぐいと指の腹でそれを消すような仕草をした。

こちらが本当の生き方か――。

「清巳さん、早く。ご飯にしましょ」

リビングから真美の声が聞こえてくる。

「ああ、今行く」

ふっと息を吐くと、清巳はリビングへ向けて声をかける。

芝居の続きをしなければならない。

清巳は着替えたシャツの第一ボタンまでしっかりとかけて、リビングへ足を向けた。

テーブルの上には、清巳が買ってきた花が真ん中に置かれ、真美の手料理が並んでいる。

自宅で夕飯はいつ以来だっただろう。切り分けられたローストビーフやサラダのボウルすら嘘くさく見えていた。

ワインで乾杯をすると、真美が「なんか、こうやって二人で食事するの久しぶりね」とちょっと拗《す》ねた声で言う。

「悪いな。どうしても仕事が忙しくて。真美にはいつも申し訳ないと思ってる」

「ううん。いいのよ。お仕事忙しいのはわかっているの。でも……そろそろ、ね？　実家の両親にも子供はまだか、って」

媚《こ》びるように真美は上目遣いに清巳を見つめた。

真美の言葉に清巳は笑い出したくなった。どの口がそのセリフを言っているのか。二枚舌、いや面の皮の厚さに辟易《へきえき》する。

そして真美の逞しさに呆れるより先に、感心もした。他に男がいながら、夫とは子供という楔《くさび》で繋ぎ止めようとしている。その狡猾《こうかつ》さ。

バカにされたものだ。

清巳は内心で苦く笑った。

だが、真美に本当のことを打ち明けたら彼女はどんな顔をするだろう。いっそなにもかもぶちまけてしまいたい衝動に駆られる。

「清巳さん？　聞いてる？」

ぷう、と少し頬を膨らませて真美が言う。こういった表情は自分を可愛らしく見せる武器だ、と彼女自身がわかっていて、わざとそういう表情を作ってみせる。

「あ、ああ。ごめん。ちょっとぼんやりしてて」

今の自分には、与えられている役をうまく演じきれない、と清巳は思った。

これまではうまくやれていた。

赫と関係を持つ前の自分なら、真美にこんなふうに言われたとしても、きっと平然と受け流し、彼女の言うがままに、子供を作るくらいのことはしたかもしれない。

なぜなら、清巳は誰をも欲していなかったからだ。もっと端的に言えば、彼女を含めて、なにもかもどうでもよかった。ただ、静かな生活が送ることができれば、それでよかったからだ。

「ねえ……」

食事を終えた後、ソファーでくつろぎながら、ワインの残りを真美と二人で飲んでいた。

真美はいくらか酔っているのか、うっすらと頬を赤くしている。目を潤ませて清巳へしなだれかかってきた。

清巳の手を取り、自分の豊満な胸元へと誘い、身をくねらせた。

柔らかい真美の胸は確かに触っていて気持ちがいい。女性らしく、まるみのある体は魅力的だ。しかし。

――乳首、痛くされんの好きだろ。

赫の骨張った長い指で捻られただけで、体の芯《しん》が疼く。

――いやらしい穴だな。俺のをきゅうきゅう締めつけるくせに、中はトロトロだ。

後ろに男の肉を咥え込む快楽を教え込まれてしまった。太くて硬い楔を穿たれ、肉を擦られる快感。奥を抉られ突き上げられて、声を上げるほど感じる悦楽。

——孕《はら》んじまえよ。

どくどくと、尻の穴の奥深くに注ぎ込まれる熱い体液。それを中で感じる愉悦を思い出して、清巳は陶然となる。

あれを知ってしまったら、もう。

「疲れているんだ、すまない。今日は気分じゃない」

そっと、真美の手を払いのけた。

プライドを傷つけられたと思ったのか、真美はくっと唇を噛んでいた。が、酔った振りをして見なかったことにする。

欲望、というものが自分の中に存在していると、清巳自身も思っていなかったのだ。


「遅かったのね、清巳さん」

珍しく数日続けて真美が出迎えている。

時刻は既に日をまたいでいた。いつもなら、この時間であれば寝ているか、留守にしているかのどちらかなのに、今日はそのどちらでもない。

「近頃、お仕事忙しいの？　会期中でもないのに」

どことなく険のある物言いだった。これまで清巳には関心を抱かなかったのに、これも珍しい。

「ちょっと……赫――弟と話があって」

少し飲んでいた、と清巳はネクタイを緩めた。その様子を真美はまじまじと見つめている。視線が首筋に刺さる。

「弟さん？　この間来られた？」

「ああ」

「そう……どうしたの急に。ずっと音沙汰なかったんじゃなかったの？」

詮索する問いが次々に清巳に浴びせかけられた。

「色々あるんだ」

つい、突《つ》っ慳貪《けんどん》な言い方になった。これ以上訊くな、という思いが強く出た。

「それじゃあ、外じゃなくてうちでお話しすればいいじゃない。この間来られたんだし、なにもわざわざ――」

「きみには関係ない」

真美の語尾を強い言葉で遮った。

清巳のいらだちに気づいたのか、真美は話すのをやめた。それでも、真美の視線は首筋に向けられている。

ああ、と清巳は思った。

浮気を疑っているのだ。彼女は自分がしているから、清巳もしているのだろうと短絡的な思考に走っている。

真美とのセックスを拒み、毎夜遅く帰る夫、浮気を疑われても仕方がなく、そして……その推測は外れていない。

浮気、というなら浮気だ。

妻以外を相手にセックスに溺《おぼ》れる。たとえ心が伴っていなくとも、寝ている以上は浮気だ。

――心が伴っていない。

喉元まで、心の痛みが這い上がってきた。心の奥深いところで、なぜか傷ついている自分に気づく。

赫はいつもなにを思って清巳を抱くのだろう。

「風呂《ふろ》に入ってくる」

真美へ見せつけながら、ワイシャツのボタンを外し、首筋から鎖骨にかけてすべてを露にする。

今日はここへは痕をつけられていない。

きつく吸い上げられたのは、二の腕の裏と、内腿。

体を合わせなければ、けっして見ることのできない場所に赫は痕をつけた。それにどんな意味が含まれているのか、清巳は考えることはなかった。考えてもきっと無意味だ。

ただ、印を刻まれるように、痕をつけられることは、不思議に甘い感情を清巳にもたらした。

バスルームで服を脱ぎ、自分の裸体を鏡に映す。

明らかに片方だけ、膨らんだ乳首。見る人が見たら、この乳首が執拗《しつよう》な愛撫によって作られたものだということがわかるだろう。大きさの違う乳首は、清巳の体が男の所有物であるという証《あかし》のように思えた。

三十年生きてきて、結婚までしたというのに、自分の性生活を根底から覆された。清巳の理性とは裏腹に覚える、あり得るはずのない衝動。

『あんた最近嫁さん抱いてないんじゃねえの。ま、抱く暇なんかないよな』

口を開き、赫のものを咥える清巳の股間を見て赫は笑っていた。

返す言葉はなかった。

今、真美を見ても、欲情することはない。

それなのに怒張した赫のものを舐めしゃぶり、口の中で大きく硬く育つ肉棒の感触に体を熱くし、あまつさえ彼の精液まで飲み干して、この身に収めている。

以前の清巳なら屈辱としか思えなかったその行為を、進んでするまでになった。

いけないと思いながら覚える淫楽。

その行為に快感を覚えることへ、清巳は常に煩悶《はんもん》していた。

体だけではない。体だけと割り切れればまだよかった。これは生理現象だからと、理性がそう判断しているうちは、こうまで心がなにかを訴えることもなかった。

男が好きなわけではない。

男を受け入れられるようになっても、赫以外の男を受け入れることはできない。いや、仮に体が受け入れたとしても、ここまでセックスに没頭することはたぶんできない。

シャワーの熱い湯を浴びると、赫に吸い上げられた、赤い痕がくっきりと浮かび上がる。

『あんたは俺のものだ』

傲慢な笑みを浮かべ、その太い杭《くい》で清巳を繋ぎ止める。

清巳はそろそろと、いつもそれを打ち込まれる箇所へ指を伸ばした。

さっきまでそれを受け入れていた場所は、まだ柔らかく、清巳の指をすんなりと飲み込む。ぬちゅ、という音が聞こえると、まだ赫に後ろを犯されているような気がした。

「……ん……っ」

もう片方の手で、今度は大きくされた乳首を弄る。摘んで、擦って、いつも弄られているように。

「……ぁ、……は、……ぁっ……」

清巳のペニスはシャワーの水圧で嬲られ、乳首と後孔は自らの指で弄る。喘ぎを水音で隠しながら、清巳は自らの精を吐き出した。

五

「昼でもどうだ」

父親から誘いの電話があって、清巳はその日の昼食を一緒にすることにした。

清巳の父親は数年前に体を壊し、定期検診で大学病院に通っている。その病院の帰りにときどき清巳を昼に誘うことがあった。

父親の気に入りの蕎麦《そば》屋に出向くと、座敷に通される。既に彼は到着していて、ビールを飲んでいた。

「とろろ蕎麦と天ざるを」

いつも頼む品だ。ちょうどやってきた店員にそう告げた後で、「待ちましたか」と父親に声をかけた。

「いや。少し前に来たところだ。それよりどうだ、元気にしているか」

「ええ。まあ、それなりに」

曖昧に答えて、「母さんは?」と聞き返す。

「元気だ。相変わらずバラを育てているよ。ますます家はバラでいっぱいだ」

呆れ気味に答えているところを見ると、最後に自分が見たときよりもさらに花が増えているのだろうと清巳は察し、小さく笑った。

「そうですか」

そんな会話を交わしていると、蕎麦がやってきた。

蕎麦を啜《すす》っていると、「そういえば」と父親が切り出した。

「この前、赫から電話をもらったよ」

清巳の手が止まった。

「赫から……？」

「ああ。おまえに会ったと言っていた」

「あ……ええ、家に突然訪ねてきました」

「そうか。電話では元気そうにしていたが、どうだった？」

どうだった、と訊かれて清巳は一瞬言葉に詰まった。つい数日前に抱かれたばかりだし、今日も仕事の後に会うことになっている。会話らしい会話はろくにせず、ただ体を重ねるだけの時間だが。

「……元気でしたよ」

素っ気ない返事に、父親は少し寂しげな顔をした。清巳と赫の間にある確執を思ってのことらしい。確かに確執はある。が、赫と数日おきに顔を合わせてもいる。こんなに頻繁に赫の顔を見るようになったのは、もしかしたら幼い頃以来なのかもしれない。

だが清巳はそれを父親に告げるつもりはなかった。

「そうか。……それでな、こんなものを見つけた」

そう言ってテーブルの上に一冊の古い雑誌を置く。

スポーツの総合雑誌だ。表紙には少し前に人気があった大リーガーが白い歯を見せて笑顔で写っている。

父親はあるページに付箋《ふせん》を貼っていた。そのページは見開きのボクシングの試合の写真だった。試合の迫力そのままに、ある選手の右ストレートが決まった瞬間を写したものだ。選手たちはヘッドギアを着けているから、アマチュア——と思ったところで清巳は目を見開いた。

「赫……？」

視線を滑らせると、赫の顔写真とともに、インタビュー記事が載っている。

学生選手権の試合で優勝したときの記事のようだった。

赫がボクシングをしていたことは知っていたが、まさかそれほど強いとは今の今まで知らなかった。ボクシングにのめり込んでいたのも、ずっと後になって知ったことだった。

それくらい当時の清巳は赫のことにまったくと言っていいほど関心を持っていなかったのだ。関心を持っていなかったというよりも、できるだけ避けていたという方が正しいのかもしれない。

清巳はじっと写真に見入っていた。

ギラギラした眼差《まなざ》しは今とまったく変わらない。まるで飢えた獣のような目をしている。ただ削いだ鋭さのある顔立ちは、そう、野生動物みたいだ、と清巳は思う。

「父さん、なぜこんなものを」

なぜ突然父親がこのような雑誌を持ってきたのかわからなかった。目を上げて父親を見ると、苦笑いを浮かべている。

「いや……おまえがまた赫に会うようなことがあれば、と思ったんだが……」

そこまで言って、父親はいったん言葉を切った。

「あれには悪いことをした。……赫が家に寄りつかなくなったり、おまえともうまくいかなくなったりしたのは、全部俺のせいだろうからな。……あの当時、部下に教えてもらってこの雑誌を見てはじめてあいつが学生ランカーだと知ったくらいだ。しかも、あいつが活躍してると知ってからだって褒めてやることもしなかった。……だからだろうな。赫が家を出ていったのは」

「父さんのせいだけじゃないですよ。私も、今の今まで赫がこんなに強い選手だったとは知らなかったんですから。兄弟だというのに、私はなにも知りませんでしたよ」

清巳の言葉に父親は首を振った。

「だからだよ、清巳。俺は仕事が忙しいのをいいことに、まるで家庭を顧みなかった。この雑誌だって、おまえや母さんに見せることもしなかったしな。ほら、ここを読んでくれないか。昔はこれを読んでもなにも思わなかったんだが……」

引っ張り出して改めて読んでみたら、こんなことが書かれていた、と父親は沈んだ声を出した。

「……謝りたいと思うんだ。今更かもしれないが」

昔を後悔しているような父親の声音を聞きながら清巳は記事に目を落とした。

《——すべて忘れるためですよ。ひとつ拳を打ち込むたびに、ひとつなにかを忘れられるような気がしますから。自分の中に巣くっているどろどろしたものなんかね。そういうのを叩き潰すように拳に込めていく。すると試合が終わった後に『ああ、空っぽになった』と思うんです》

そのコメントに清巳は赫のざらりとした渇きを感じた。

そしてその渇きは自分の中にもあるものだ、と清巳は思う。しかし赫と違うのは、清巳自身の中にははじめからなにもなく、ただの空の箱でしかないが、赫は彼自身の中にたくさんの抱えるものがあって、それを空にしたがっている。

どちらにも言えるのは、どちらもよけいな感情を排したものでありたい、ということだった。方向性は異なるものの、似たところがあって、そこは兄弟なのだなと清巳は複雑な気持ちになる。

「これを昨日読んで、もしかしたら赫は寂しかったのかもしれないと思うようになってね。特に母さんはおまえのことばかり可愛がっていたようだったから。そのせいでおまえたちの仲も悪くなったんだろう？　昔の赫はどこにでもおまえにくっついて歩いていたのにな。おまえのことが大好きな子だった」

ええ、と清巳は昔のことを思い出す。

赫は清巳と一緒にいなければ泣き出すような子だった。清巳が小学生のとき、キャンプに出発する朝は、いつまでも泣きじゃくっていて、いっそ連れていこうかと思ったくらいだったのだ。お風呂も寝るのも一緒、そんなふうに「おにいちゃん」と可愛い笑顔を向けてくれる、清巳も可愛がっていた大好きな弟。けれど――。

「昔のことですよ。大人になれば変わってくるものですからね」

父親に言いながら、自分に言い聞かせているみたいだ、と清巳はぼんやりと思った。


「どうした？　口に合わなかったか」

いつもはホテルに直接呼び出されるのだが、今日に限っては「メシ一緒に食おうぜ」と食事に誘われた。赫がよく行くという小料理屋で食事をする。

「いや、うまいよ」

「なら、いいけど。箸が進んでいないようだったから」

料理は美味しかった。白身魚を唐揚げにして具だくさんのあんかけにしたものや、ぼんじりと三つ葉をポン酢で和《あ》えたもの。砂肝のガーリック炒《いた》めに、自家製のぬか漬け。少し前の真美の手料理はさておき、いつもは簡単にしか食事をすることがない清巳には料理の優しさがじんわりと胃にしみる。

「……今日父さんに会った。おまえ、電話したんだって」

「ああ」

赫は日本酒の入ったぐい呑みを、弄ぶようにくるくると回す。

「顔を見せろと言づかってきた」

「へえ。あんた父さんに俺と会ってること言ったわけ」

くっくっ、と可笑しそうに笑う。

「いや、もし赫から連絡があったらそう言っておいてくれ、と言われただけだ」

「ふうん」

ぐい、と酒を呷るように飲みながら赫は気のない返事をした。

「それから……父さんに昔の雑誌を見せられた」

「昔の？　雑誌って？」

「おまえが学生時代にボクシングで優勝したという記事だ。ちょっとしたインタビューが載っていた」

ああ、と赫は思い出したように声を出す。

「強かったんだな。おまえ」

「そうでもねえよ」

「プロになることは考えなかったのか」

赫は無言のまま、徳利からぐい呑みへ酒を注ぐ。最後の一滴が落ちるのを待ってカウンターへ「もう一本つけて」と声をかけた。

「なんだ、今日は説教タイムなわけ」

酒が半分ほどしか入っていないぐい呑みをじっと見ながら赫が口を開いた。

「そうじゃない」

「だったらなに、今までおれがなにしていたのか知らなかったんだろう？　昔の雑誌？それ見ていきなり知ったふうな口をきいて」

「すまない……そうじゃないんだ……その、私はなにも知らなかったと思って」

清巳もなにを赫に言っていいのか思い倦《あぐ》ねていた。これまで赫と向き合ってこなかったことへの後ろめたさみたいなものを謝りたいと思ったが、謝ったところでどうなるわけでもない。

「清巳はそうやって見て見ない振りしてきたんだろう？　今までさ」

「……すまない」

赫の言葉が清巳の胸に突き刺さる。見て見ない振り、自分はそういえばいつだってそうやって生きてきた。真美のことだってそうだ。そして赫のことも。

「いいさ、別に。——プロにならなかったのは、たとえプロになっても欲しいもんが得られないとわかっていたし。おれは別に勝ち負けなんてどうでもよかったからな。ただ相手に向かって拳を打ち込んでいたら、いつの間にか勝ってた、それだけだ」

「欲しいもの？」

清巳は聞き返した。赫は返事もせずに酒を飲む。追加でやってきた徳利からどばどばと勢いよく酒を注ぎ、それを次々に飲み干していった。

「そうか。欲しいものがあったのか。で、それは手に入ったのか？　その欲しいものは」

清巳が訊くと、赫は僅かに目を泳がせ、静かに息を吐いた。

「……いや、なんにも。一生手に入らねえんじゃないか。……ったく、うぜえな。いきなり兄弟モードかよ」

くそ、と赫は自分の空のぐい呑みに目をやって眉を顰めると、「もらうわ」と清巳のぐい呑みを横取りし、一息に飲み干した。

そうして「清巳」と色めいた目を向ける。

清巳はその目を見て、これからの時間が長くなりそうだと、ぞくりと背中をわななかせた。

赫の喘ぎのような荒い息が清巳の鼓膜を嬲った。

壁に背中を預けている赫に、向かい合わせに座るような形で清巳は腰を落としている。子供を抱いているかのような姿勢なのに、互いの体は繋がっていた。赫のものを後孔に咥えたまま、鎖骨を彼にきつく吸われて紅い痕がつく。

「……ぁ……あぁ……っ」

赫とのセックスは女装させられるのが常だった。が、今夜は違う。スーツのままいきなり抱きしめられ、荒々しく口づけをされた。今も、上半身はワイシャツのボタンだけ外されて、袖は通したままだ。スラックスは脱がされているが、下着は足に引っかかっているという中途半端な格好で下から貫かれていた。

赫には珍しく、余裕のないセックスをしている。

「清巳……っ、きよ……み……っ」

切羽詰まった声で名前を呼ばれながら、激しく穿たれて清巳はひっきりなしに喘ぎ続けた。

「ひ……っ、ぁ……ぁ」

ぎゅうぎゅうと背を撓《しな》るほどに抱きしめられ、突き上げられる。自分だけではなく赫も興奮しているさまを見て、清巳は赫の背にしがみついて爪を立てた。

「んんっ！　あ、あ、あ……っ」

赫が動けば、ぐちゅりと後ろに塗られたローションの粘着質な音がする。ぬるぬるとした冷たい感触と自分の中の熱とを同時に感じ、それがよけいに淫らだと意識させられる。息を詰め、それでも我慢できなくて赫の名前を呼ぶと、清巳の中の昂ぶりがますます大きく硬くなって清巳を翻弄した。

ゴリゴリと中を擦る剛直の感触に、清巳の中の粘膜は悦んで蠢く。清巳を穿つ赫の腰つきがねっとりとしている。清巳の唇を舐める厚い舌の動きが卑猥だと息を呑んだ。

自分の汗と赫の汗の区別などとうにつかず、混ざって一緒になっている。赫の液体と自分の液体と混ざり合うことで、互いの体温が上がることがまるで化学反応のようだと清巳は思う。

そうして自ら腰を上下させ、赫を奥へと導くように揺り動かす。赫はたまりかねたように思わず下から激しく突き上げてきた。

「アァッ！　ぁ……あぁ……んっ」

赫のもので満たされている。

彼は大きく喘ぎ、たまらないとばかりに清巳の肩口に歯を立てた。

「――い……っ、ぁ……ぁ……」

それはまるで食い尽くされるかと思うほどだった。

「くそっ、キツ……っ。ったく、どっちが食ってんのかわかんねえな」

「ど……っ、ちがだ……」

「なに言ってやがる……っ、ここで……あんたも俺を食ってんだろ」

繋がった場所をぐるりと撫でられ、清巳は尻を揺らした。

そこをぐいと強く突き上げられ、奥まで抉られる。清巳は思わずといったように小さく嬌声を上げる。

穿たれながら、激しく求めてくる赫に清巳はどこか甘美な感覚を味わっていた。

今こうしている時間、赫が清巳のことだけしか考えていないということにひどく満足している自分がいる。求められることはこんなにもうれしいことだっただろうか。

舌を搦められ、吸い上げられながら、清巳自身も赫の熱を貪るように中を締めつけた。

六

　午後の仕事に手をつけようとしていたとき、課長が清巳を手招きした。

「柳田、ちょっと」

　はい、と返事をして駆け寄ると、課長は苦笑いしながら清巳に書類の入った封筒を手渡した。

「悪いんだが、三時からの懇話会、俺の代わりにきみと礒崎で行ってくれないか。急用が入っちまってな」

　業界団体との懇話会へは、そもそも課長と礒崎が行く予定になっていた。清巳はメインの担当ではなかったが、少しは関わっていたこともあり、大体のことはわかっている。

「それは構いませんが。私で大丈夫ですか」

「ああ、きみなら問題ない。それに今日の議題も重要なものはそれほどないはずだから」

　わかりました、と清巳は答える。今時期の懇話会は、顔つなぎ程度の意味合いが大きい。課長の話からも取り立てて重要なわけではなさそうだと判断した。それに一緒に行くのは礒崎だ。彼がいるなら清巳の仕事はほとんどなさそうだった。

時間になると清巳は礒崎と懇話会の会場となっている、赤坂《あかさか》のホテルへと向かった。ホテルまでは地下鉄で移動する。歩きを含めても三十分もあれば十分だ。

「うーん」

歩く道すがら、礒崎がなにか考え事をしながら唸《うな》っていた。

「どうかしたのか。今日の懇話会、課長は重要じゃないって言ってたけど、本当はそうじゃないとか？」

今日の会議に問題でもあるのだろうか、と清巳は怪訝《けげん》な顔をしてみせた。

「あ、すまん。仕事のことじゃなくてな」

礒崎が慌てて謝った。

「なにか悩んでるのか？」

「いや、たいしたことじゃないんだ。嫁さんの実家が、まぁ、古くてでかい家なもんで……これがなかなか面倒で。相続とか」

礒崎は春に結婚したばかりで、まだ新婚ホヤホヤだ。確か奥さんは地方出身で、ひとり娘だと聞いた。

「ああ、なるほど。でも、そういうのは結婚する前にはわかってたんだろう？」

「そりゃそうなんだけど……。けど、実際、直面しないとこういうのってわかんないだろ。内情も結婚前までは詳しいこと全然わかんないし。軽く考えてたってことがあってな。なんとかなるか、って」

「まぁ、そうだな」

「で、蓋を開けてみたら、これがまた結構大変でさ」

礒崎は渋面を作る。家の問題は確かに厄介事が多い。たとえば裁判に持ち込まれる案件も家にまつわることが少なくない。

「要するに嫁の親父さんはフツーの会社員だから相続税対策だけで大変みたいなんだが。それに、古くて大きい家ってだけで地域の文化財指定されそうでな。だから簡単に壊すとか土地を売るとかできなくなるみたいで……」

「そうだな。最近は色々うるさいし。おまえも大変だな」

「しょうがないんだけどね。嫁さんの背負ってるものとか、そういうものひっくるめて結婚したんだから」

肩を竦める礒崎に、清巳は肘《ひじ》で礒崎を小突いた。

「なんだ結局のろけか」

「違うって。そんなんじゃないけどさ。ただ、俺らの仕事って、休みだってダラダラ過ごせないし、帰れない日もあるし、毎日神経すり減らしてんだろ」

「ああ」

自分たちの仕事は世間が思うほど楽ではない。年に何度か倒れる人間もいるくらいだ。

それでも働くのは、国のため、というその思い、それだけだった。

「でも、家帰ったときに、部屋に嫁さんがいて、『おかえりなさい』ってにっこり笑ってくれるだけで、それ全部吹っ飛んじゃって。あー、これだけでなんでも頑張れるとか思っちゃうんだよね。だから結婚したんだけど」

へへへ、と鼻の頭を掻いて照れながら礒崎が言う。

「やっぱりのろけじゃないか。結局新婚さんにラブラブっぷりを聞かされただけだろうが。幸せそうでなによりだ」

清巳はわざとらしくげんなりとした顔をしてみせた。

「そんなことないって。苦労だってあるし」

「そんなの苦労のうちに入らないだろ。まったく……心配して損した。それじゃあ今日は楽させてもらうことにするかな」

清巳は「任せた」と課長から受け取った書類を一式、礒崎に押しつけて先を歩いた。

後から追いかけてくる礒崎の「ひでえ」とぼやく声が聞こえる。

礒崎の幸せそのものの会話に、清巳はどこか所在なさを感じていた。新婚の彼の幸福そうな表情に嫉妬《しっと》心で押し潰されそうになる。同時に、途方もない孤独感が訪れた。

課長が言ったとおり、懇話会はさしたる問題もなく、滞りなく順調に進められる。ほぼ予定の時間どおりに終えた。

「じゃ、戻るか」

「ああ」

一仕事無事に終わったと安堵しながら、清巳が礒崎とロビーへと降りたときだ。

自動ドアから滑るように入ってきた、小ぎれいな身なりの女性に清巳の目は奪われた。

「…………！」

真美だ。

真美は清巳に気づくことはなかった。そのまま脇目もふらずに、客室へと向かうエレベーターへ乗り込んでゆく。

「礒崎、悪い。先に帰っていてくれ」

「柳田？」

「すまない。ちょっと用を思い出した」

そう言い置くと、清巳は真美の後を追って、エレベーターに乗り込もうとする。

だが次のエレベーターがなかなか来ない。

真美の乗った機は七階で止まったらしく、表示は七階からしばらく動かなかった。

やっと来た隣のエレベーターに乗り、清巳は七階へのボタンを押す。

おそらく真美は男との逢瀬《おうせ》でこのホテルへとやってきたのだろう。まさか夫がここにいるなんて思いもよらないはずだ。

「まったく……追いかけてどうするつもりだ……」

清巳はエレベーターの中で、独りごちた。

果たして自分は真美の浮気の現場を確認したいのか。決定的な証拠を摑んで、それからなにをする。彼女を責めたいのか。いや……それは違う、と首を振る。

それに、今まで自分は体面を重んじていたのではなかったのか。真美と別れてしまえば、世間的に体裁が悪くなると、これまでの彼女の行動を黙認してきたのは一体誰だ。

これまでと同じくなにも見ない振りをして、なにも考えずに過ごしていればそれですむはずなのに。

（……それなのになぜ今自分は真美を追っている……？）

答えもわからず、ただなにかに手繰り寄せられるように、七階へと降りた。

しかし、当たり前だが、とうに真美の姿はなく、清巳は己の愚かさにうんざりした。

（私はバカか……）

自分で自分に心底呆れたまま、清巳は踵を返す。

少しは頭を冷やさないと。

そう考えて階下へ向かおうとした。清巳の乗ったエレベーターの扉が閉まる寸前、どうやら隣の機が七階に止まったようだ。到着を告げるチャイム音が鳴ると、誰かが降りてくるのが見えた。

「…………！」

閉じかけた扉の隙間から見えた人影に驚き、慌てて清巳は扉を開けるボタンを押す。ゆっくり扉が開くのを待てないとばかりに、通ることができるくらいまで開くなり、清巳はエレベーターから飛び降りた。

（なぜ、赫が）

清巳が見た人影は、確かに赫だった。

赫は角を曲がってすぐの客室へと吸い込まれるように入ってゆく。清巳が見ているとも知らずに。

これは偶然か。

清巳は呆然と立ち尽くす。

同じ時間に同じ階に降り立った、真美と赫。客室に消えた二人。

この符号がなにを指し示しているのか、想像は難くない。

だとしたら。

清巳は力なく、再び階下へ向かうエレベーターに乗り込んだ。

しくしくと痛み出す胃を押さえながら、振り返ることもなくホテルを後にした。

——いつから、二人は関係していたのだろうか。

出張だと偽り、清巳は身の回りのものをまとめ、家を出る。

しばらくひとりになりたかった。

職場の近くにあるビジネスホテルに部屋をとって、そこに当分滞在することにし、スマホの電源も切ってしまった。

赫が自分を抱くのは、女の代わりだとわかっているつもりだった。しかし、それが真美だったとでもいうのか。自分は真美の代わりに赫に抱かれていたというのか。

狭く素っ気ないホテルのベッドに腰かけ、わなわなと肩を震わせる。

悔しい、というよりも哀しみが強く湧《わ》き起こる。

真美を奪われた、というより、赫が奪われていた、そのことがショックでたまらない。

自分には誰もいない。

今、自分にはなにもない。

愛してくれる人も、なにもかも。

ふと、礒崎との会話を思い出した。

——嫁の背負ってるものとか、そういうものひっくるめて結婚したんだから。

礒崎のように、自分を犠牲にしてまで人を愛せるということが羨《うらや》ましくて仕方がなかった。同時に、ああも愛されている礒崎の奥さんは、なんて幸せなのだろうと思った。

リスクを負い、自分を捧げ、なお共にいたいというのはどれほど大きな愛情であるのかと思う。それに比べて、自分は――。

ただの代用品。

いや、赫にとっては単なる暇潰しでしかないのだろう。たとえるならスマホのゲーム、せいぜいがそのくらいのものだ。

清巳を愛情の対象としては、けっして見てくれない。愛情の対象どころかそんな価値もない、ただの慰みものでしかないと思い知らされた。

考えてみれば、抱かれるときはいつも女性の姿にさせられていた。それだけでも清巳自身を抱いているのではないと、気づくべきだったのだ。

しかし、ほんのいっとき、赫が自分を好きなのではないかと思ったことがある。

時折、赫は清巳を抱くときに躊躇いながら口づけてくることがあった。その口づけはひどく甘く、そんなときはどこまでも赫は優しく清巳を抱く。

清巳、と優しく耳許で囁く声に勝手に愛されていると思い込んだ。だが……。

それは勘違いだった。

どこまで自分は赫に嫌われているのだろう――清巳の妻を奪うという、赫にそんな仕打ちをされるほど憎まれていたなんて。そうしてその事実は清巳をひどく打ちのめした。

今更言ってもはじまらない。

なにをしても、取り返しがつかない。

だがたとえば時間を巻き戻すことができるとして、どこまで戻ればやり直しができるのだろう。赫との関係にこれほど残酷な亀裂が入ったことすら、清巳は気づいてもいなかった。けれど時間が巻き戻っても……果たしてやり直すことはできるのだろうか。

「赫……」

こうなってはじめて、心から自分が欲しかったものを自覚した。

妻がいて非の打ちどころのない安寧な生活よりも、血を分けた弟との背徳的な関係を続けたいと願っている自分がいる。

執拗に乞《こ》われながら、縛りつけられていたかった。

――清巳。

あの肉食獣のような輝きを持つ瞳でじっと見入りながら、清巳と呼ぶ低い声。

胸が抉られる――。

清巳はベッドの上に突っ伏した。

羨ましかった。赫の奔放さが。逞しさが。自分にないものをすべて持っている赫が羨ましくて疎ましくて、そして愛《いと》しく思っていた。赫に見られるのが怖かったのは、対峙《たいじ》すればするほど己の矮小《わいしょう》さを見せつけられるからだ。実の弟に心惹かれているという、神をも畏《おそ》れぬ……モラルに反した自分を見透かされてしまいそうだったから。

本当は……愛していた。

嗚咽を漏らし、唇を嚙んで、両方の拳を膝《ひざ》の上で握りしめた。

けれど、赫は本当は自分など必要なかった。

自分を抱いたのも、もしかしたらこの歪んだ気持ちを既に知っていたからかもしれない。聡《さと》い赫にはきっとなにもかもお見通しだったのだろう。

清巳が赫を愛していたことを、赫は許せなかったのかもしれない。

ならば、なにも見なかったことにして、なにも聞かずに、なにも言わずに、心を錆《さ》びつかせてボロボロになってしまうのを待つしかない。いつか、この気持ちもなくなってしまうまで。——忘れることができるまで。

やり直すことなど——できやしないのだ。


一週間が経って、いまだ清巳は自宅へ戻ろうとはしなかった。相変わらずスマホの電源も切ったままだ。

「柳田、帰りちょっとつき合わないか」

書類を作っていると、礒崎が声をかけてきた。グラスを傾ける仕草をして、「たまにはいいだろ」と誘う。

「ごめん、礒崎。今日はちょっと……」

断ろうとする清巳の手首を礒崎に摑まれた。

「おまえ、メシ食ってんのか」

真剣な礒崎の声に、いささか驚きながら清巳は「食べてるよ」と答えた。

「嘘つくな、って。おまえ最近全然食ってないだろ。……こんなに痩《や》せて」

低い声で、静かに叱る礒崎を見て苦く笑う。

「……食べられないんだ」

「食べられないって。そういや、前に腹痛いとか言ってたけど、そのせいか」

礒崎に嘘は通じない。これで結構鋭いところがある。清巳は「ああ」と頷いた。

「医者は？　行ったのか？」

「いや……でも、薬は飲んでるから」

胃の痛さは日に日に増している。とりあえず薬を飲んで紛らわせているが、食べ物は喉を通ってはいかない。食べなければ体が保《も》たないとはわかっているものの、体が食べ物を受けつけてくれなかった。

「おまえさ、最近、家にも帰ってないんだろ？」

やはり礒崎は鋭い。けれど答えることもできず、清巳は曖昧に笑うしかできない。

「なにかあったのか？　嫁さんと喧嘩《けんか》したとか？」

問いつめられても返す言葉がなかった。本当のことを言っても、きっと礒崎は信じないだろう。それほど現実味のない話だ。

弟と寝ていて、そして妻は弟に寝取られて。

誰がそんな作り話めいたことを信じるだろうか。

「……そんな辛《つら》そうな顔すんなよ。話したくないって言うなら言わなくてもいい。でも、メシはちゃんと食えよ」

やっと放された手首を清巳はじっと見ながら、本当に痩せたな、と改めて我がことながらしみじみ思う。

「わかってる」

こうして心配してくれる友人がいるだけ、まだましかもしれない。だからまだ、こうして自分は立っていられる。

「だったら頼むから、今日だけつき合え。じゃないと見てらんねえよ」

真顔で懇願する礒崎にほだされ、清巳は「わかったよ」と了承する。その返事で礒崎がほっとした顔を見せたのに、清巳の胸も温かくなった。まだ自分のことを心配してくれる人がいる。それだけでいくらか胃の痛みが治まるような気がする。

切りよく仕事が片づくまで、一時間だけ残業し、礒崎とともに庁舎を出た。

「豆腐とかなら、胃に負担もかからないしどうだ？」

たぶん、なにを出されても食べられないことには変わりないが、礒崎の気持ちがうれしく「そうだな」と笑って返す。

礒崎が行こうという店は日比谷《ひびや》にあるということで、庁舎を出るとすぐに右へ向かう。

すると、そのときだった。

「清巳」

背後から、清巳を呼ぶ声が聞こえた。その声に清巳ははっとする。

振り返りたくなかった。振り返ってしまえば、平静ではいられなくなってしまう。

なぜならあの声は――。

奥歯を噛みしめ、隣にいる礒崎に「行こう」と強引に腕を引いた。

「いいのか？」

様子のおかしい清巳と、そして清巳の後ろにいる男とを交互に見ながら、戸惑ったように礒崎が声をかける。

「いいんだ。行こう」

振り返らず、清巳はずんずんと先を歩く。後ろから足音が聞こえているのは知らない振りをした。慌てたような駆け足の足音。振り向かず、真っ直《す》ぐに清巳は大股《おおまた》で足を進めた。

「清巳！　待てよ……ッ！」

駆け寄られて、後ろから強い力で肩を摑まれる。しかし、清巳はそれを振り払った。

「待てって言ってんだろ！　清巳ッ！」

それでもなお二の腕を摑まれ、力ずくで振り向かされる。よほど強い力なのか、摑まれた箇所が痛い。

「か……く……」

目の前に、必死の形相の赫がいた。

会いたくなかった。

清巳は視線を逸らす。赫の顔など見たくはなかった。

「どうして逃げる……っ！　清巳！　ちゃんとこっちを見ろ！」

息を弾ませて大声を出す赫の目は、怒りにも似た色が滲んでいる。

どうして逃げる、と問われても、逃げるしかないからなのに。

辛い。

赫の顔を見るのが辛い。だから、逃げるしかない。自分から赫を遠ざけなければ、辛くて、辛すぎて死にそうになる。苦しい——息が詰まるほど胸が苦しくなった。

「もう……ほっといてくれ……」

そう、赫に告げた瞬間、痛みとともに胃の奥から、焼けた鉄の塊のようなものがせり上

がってくるのを感じた。

「……ぅ……っ……ぅぅ……っ」

ゴボ、と鈍い水音が喉の奥から聞こえたかと思うと、清巳の体から力が抜けてゆき、その場に踞った。

「清巳っ！　清巳？　き……み……」

赫の声が遠くに聞こえてくる、と清巳は思った。おかしい。すぐそこに赫の顔はあったはずだ。なのになぜ、こんなにも赫の声が遠い。

ああ、そうか。

赫は自分を捨てて、真美のところに行ってしまった。……だから遠くからしか声が聞こえない。

もう赫は側にいないのだ。

目の前が真っ赤に染まったと思った途端、視界は暗転し——なにか、大きなものに体ごと包まれたことだけ感じて、意識が途切れた。

七

――あれは、赫が幼稚園の頃だっただろうか。

母親が近所に買い物に行ってしまい、清巳は赫と二人で留守番をしていた。

当時はとても仲のいい兄弟で、赫も「おにいちゃん、おにいちゃん」と懐いてくれていたし、清巳も赫のことが大好きだった。

赫はとてもいたずら好きで、よくいたずらを仕掛けては、母親に叱られていた。

その日も、母親がいないのをいいことに赫はかくれんぼと称して両親の寝室に忍び込んでいた。

「赫、またこんなところにいる。母さんに叱られても知らないよ」

清巳が窘《たしな》めても、赫は悪びれもせずに「だいじょうぶ」と素知らぬ顔をしていた。それどころか、さらに母親の鏡台を掻き回し、手当たり次第に化粧品を散らかしてゆく。

赫にとっては色とりどりの化粧品がきれいだったから、興味を示したのだろう。あの頃の赫はきれいなものが大好きだったから。

「赫！　いい加減にしろって」

叱りつけると、赫は一本の口紅を手にして、清巳の許《もと》へ寄ってきた。

「おにいちゃん、くちめに」

口紅、と言えず、にこにことしながら口紅のキャップを取ってくるくると回す。赤い紅が、赫がくるりと回すと飛び出てきた。

「赫、いけないよ。これはちゃんとしまって」

しゃがみこみ、清巳は赫の目線になって、それを片づけるようにと言い聞かせた。

すると赫は、その口紅を清巳の唇へと塗りつける。

「赫！　こら！　いい加減にしろって！」

叱っても、赫は「おにいちゃん、きれい」とにこにこ笑っている。

ふと、清巳が鏡を見ると、赤く塗られた唇の自分が映っていた。その姿を見て、ぞくぞくとする、これまで感じたことのない感覚が背骨の中を走り抜ける。

そのときはその感覚の正体がなんなのかまったくわからなかった。そして――。

「清巳っ！　なにをしているのッ！」

気がつくと、ヒステリックに叫ぶ母親がいつの間にかそこにいた。母は清巳の側に駆け寄ると同時に、清巳の頰を平手で打った。そうしてすぐに、唇に塗られた清巳の紅は彼女の指でゴシゴシと拭い取られてしまった。

「お母さん、どうして？　おにいちゃんきれいなのに」

無邪気な赫の声は、「黙りなさいっ」という母親の怒声に消えた。そのときの赫の怯えきった顔は今でも忘れられない。

その後、清巳はひどく折檻《せっかん》された。

暗い物置に閉じこめられ、竹の物差しで何度も体を叩かれた。とても赫がやったことだとは言えず、清巳は黙って打ち据えられた。

（おにいちゃん、きれい）

赫の言葉が耳から離れない。だが、あの赤く唇を彩った行為は「悪いこと」だったのだ。悪いことだから、母親が自分を叱る。

それから、清巳は徐々に赫を遠ざけるようになった。赫にもう「きれい」と言わせてはならなかった。自分だけならともかく、赫まで折檻させられるわけにはいかない。小さな弟に痛い思いをさせたくなかった。

今から思えば、母親がなぜあれほどまでに豹変《ひょうへん》したのか、理由はわかる。

清巳と赫の母親は、赫を産んだときに亡くなっており、今の母親は父親の後妻だった。

今の母親がはじめて家にやってきたとき、彼女は優しく接してくれていた。おそらく彼女は彼女なりにいい母親になるように努力していたと思う。

しかし世間というのは残酷だった。

いわゆる『継母』という偏見に満ちた目に彼女がさらされた結果、彼女は壊れはじめたのだ。特に清巳たちの実の母が優しくきれいな人だったから、よけいに後妻に入った彼女への風当たりは強かったのだろう。

もともと庭いじりが好きだった彼女は、庭造り、特にバラを育てることに懸命になった。バラは手をかけなければいけない花であるし、そして手をかけた分だけ美しく咲き誇る。だからきっとバラを育てることにのめり込んでいったのだ。

だが、子育てはバラのようにはいかなかった。

彼女は自分の思うようにはいかない二人の幼い息子に、それも自分の腹を痛めたわけでもない子供に手を焼き、追い詰められていた。しかも、なにかあれば近所から非難の目を向けられるのだ。

清巳や赫がほんの僅かでも世間の規範に外れた行為をすれば、きっと自分が悪者にされてしまう、彼女はそう思い込んでいたのに違いない。

まだ若かった彼女には、そのプレッシャーはひどく辛いものだっただろう。彼女は亡くなった清巳たちの母親と常に比べられていたのだから。

あのとき清巳に塗られた口紅は彼女の気持ちを逆撫でするのに十分だった。

清巳はよく生みの母と似ていると言われることがある。きっと、彼女は生みの母と似ている清巳を嫌悪したのだ。当時、仕事に忙殺されていた父親との夫婦仲は傍目に見ても、いい、と言えるものではなかったから。

今考えると、彼女に同情すべき点は多々あるが、あの事件は清巳にもひどく深い傷を与えてしまっていた。

それ以来、清巳は母親の前では彼女に気に入られるように振る舞った。自分を押し殺し、身なりもけっして目立たぬように。常にいい子、を演じ続けた。

——忘れていた。

ずっと忘れていた。

——そうだった。

清巳はやっと腑《ふ》に落ちた。

幼い頃の出来事を、なぜ今まで思い出せなかったのだろう。

たぶん、自分はずっと赫にきれいだと言われたいと、きれいだと賞賛されたかったのだと。赫のあのうっとりとした眼差しをずっと向けられていたいと、どこか心の奥底で思っていたのかもしれない。閉じこめて、しまいこんでいた思いが、女性の格好をするという行為を無意識に選択したのだ。赫の特別でありたいと、そんな邪《よこしま》な思いが歪《いびつ》な行為に走らせた。

八

清巳、と何度も呼ぶ声が遠くで聞こえた。

頬を伝って、温かいものが流れている。

次から次へとぼたぼたと涙が溢れ出していた。

そのことに気づいたとき、白い天井が目に入った。

反射的に、視線をぐるりと回した。ここはどこだ。自分が寝ていることは把握した。殺風景な部屋にひとりきりだ。虫の羽音に似た、低く唸る不明瞭《ふめいりょう》な音が頭上を飛び交っている。それが輸液のポンプが鳴らす音であることを理解したのは、手に繋がれている管を見たときだ。手を動かしてみたが、思うように動かない。力がどこにも入らなかった。

「あら、目が覚めた?」

仕切りのカーテン越しに、ひょいと顔を覗かせたのは白衣を着た女性だった。一目で看護師とわかるその女性に、「ここは……?」とわかりきっていることを訊ねた。

「病院よ。あなた、一昨日《おととい》運ばれたの」

病院……? 運ばれた……?

ぼんやりとした頭で、清巳は記憶を反芻《はんすう》する。覚えている最後の記憶は、赫の声だ。遠くで聞こえた、あの。

「あの……運ばれた、というのは」

おずおずと看護師に訊ねると、彼女は「先に検温よ」と清巳に体温計を手渡した。受け取った体温計をどうにか脇に挟むと、彼女は口を開く。

「一昨日、救急車でね、運ばれてきたのよ。お仕事の後で血を吐いて倒れたのは覚えてない？ つき添ってたのは弟さん、って言ってたけど」

「弟が……？」

看護師は喋《しゃべ》りながらも手早く今度は血圧計の用意をする。眼鏡を取って欲しいと彼女に頼むと、ベッドサイドの小物棚に置かれてあったそれを手渡してくれる。フレームがかなり歪んでいた。

「ええ。あなたひどい状態だったのよ。ずっと意識がなくて。結局、手術の同意書も奥様がお留守のようだったから、弟さんに書いてもらったのだけど」

「手術……って」

意識を失っている間になにがあったのだろうか。

「二度、吐血したの。胃穿孔《いせんこう》……胃潰瘍《いかいよう》ね。それで胃からの出血を止めるために、内視鏡手術を」

聞くと、かなり大量の血を吐いたらしく、出血性ショックで一時はかなり血圧も低下していたという。赫が救急車を呼ばなければ、大変なことになっていたということだった。赫は清巳の手術の後も、ずっとつき添ってくれたのだという。意識の戻らない清巳の側から動かなかったと、彼女は言った。

「そう、ですか」

「すごく心配してたね、彼。顔なんか真っ青だったわよ。でも、ちょうど、弟さんがいらっしゃってよかったわね。……三十七度二分。微熱だけど、こんなものね。血圧も……はい、ＯＫ」

果たして、それがよかったのか、どうなのか。

こうして生きている意味は本当にあるのだろうか。

「噂《うわさ》をすれば——ほら、弟さん、戻ってきたわよ」

看護師が血圧計を片づけながら、扉の方へ視線を動かした。

「赫……」

いつもの赫とは様子が違った。ふてぶてしさの欠片《かけら》もなく、またやつれても見えた。目は落ちくぼみ、顔色も悪い。どこか泣きそうな顔で清巳を見つめていた。

壊れきった今の清巳の状態は、赫の望んだことなのだろうに、どうして彼がこんな顔をするのかわからなかった。

「気分はどうだ」

赫はベッドの横にある椅子にどっかりと腰かけた。

「眼鏡、フレームがいかれちまったな」

清巳のかけている眼鏡を見て、赫はそう言った。

「私は……倒れたのか」

「ああ。……すげぇ血ぃ吐いてな。胃にでっかい穴が開いてる、って先生が言ってた」

赫は膝の上で両手を祈るように握っている。

「運ばれるなり、すぐ手術だって言われたよ」

そう彼が言ったとき、ぎゅっと力が彼の両手に込められたのが清巳にも見えた。

「手術……の同意書……書いてくれたそうだな」

「……ああ」

「色々……面倒かけた」

顔を上げると、赫と目が合い、急に落ち着かなくなった。

見れば欲しくなる。赫の匂い、赫の肌――きよみ、と自分だけを呼ぶ――赫の声。

裏切られていると知っても、気持ちの歯止めはきかず、顔を見るだけで動揺している自分はなんて愚かしいのだろう。そして、実の弟のことを愛した禁忌ゆえに、一生ついて回る苦しみという罰が下されている。

こうして顔を見ているのも辛い。目を伏せると、「そんなに俺を見るのが嫌なのか」と赫は小さく呟いた。

「……しょうがないか。あんたの体をボロボロにしたのは俺だからな」

沈黙が落ちる。聞こえるのは微かな器械音だけだ。

「好きに使え」

バサリと封筒を投げて寄こす。薄っぺらいそれになにが入っているのか想像もつかなかった。赫は一体なにを寄こしたのか。

封筒を開けると、中から数枚の写真が出てきた。写っているのは、真美とそして——ぼやけていて顔ははっきりとしないが、身なりのいい男だ。

「これは……？」

「あんたの嫁の浮気現場だ。あんた嫁に男がいるのは知ってたんだろ」

真美と男が写っていたのは、どこかの建物——ホテルの中らしい。そういえば、と一緒に写り込んでいる、壁紙や装飾に見覚えがあることに気づいた。これは、この前真美と赫を見かけたときの、あの——。

「こ、これをいつ撮った」

清巳は赫に訊く。自分の記憶が確かなら、これは真美を見かけた赤坂のホテルだ。

「いつ？　ああ、あんたと連絡が取れなくなった直前くらいか」

やはり、そうだ。真美と男がこのホテルにあの日いて、その写真を赫が撮ったというので間違いない。――だったらあれは自分の勘違いなのか。

「どうしてこんなものを……」

「一緒に写ってんのは俺がずっと追ってるヤツ。こいつを追いかけてたら、偶然あんたの嫁のことが浮かび上がった」

真美と写っているのは、とある議員だ、と赫は言った。赫ははっきりとは言わなかったが、それが以前に女装して連れられていったときにぶつかった彼のことだ、と清巳は推測した。そしてなぜあのとき赫が清巳を連れ出したか、その理由もようやくわかった。

あの日きっと赫は真美とその議員の関係を清巳に見せつけ、そうして暴露するつもりだったのだろう。

赫は――はじめは、議員の女性関係を探るつもりだったが、浮かび上がってきたのが清巳の妻だと知って清巳の許を訪れたらしい。それがあの日だった。赫にはじめて抱かれた、あの日。

「真美とは……その……おまえは関係ないのか」

清巳はおずおずと赫に訊ねた。

「は？」

赫は訝《いぶか》しげに清巳を見る。

「だから……その、真美とおまえが一緒にホテルにいるのを見たんだ……。この写真の赤坂の……。だからてっきり」

するとﾆ赫はきょとんとし、そして呆れたとばかりに、げんなりした顔を見せた。

「あるわけねぇだろ。そんなクソ女。……っと、悪ぃ、あんたの嫁だったな」

心底嫌だという顔をしている赫を見て、清巳は内心苦笑する。

そうして、赫と真美との間になにもなかったのだということを知って、心から安心している——そんな自分をまた情けないと思う。

本当に最低だ。

妻が不貞を働いたことはどうでもよく、それより、その相手が赫であるのではないかと気を揉んでいた自分は本当に屑《くず》だと思う。

「いや、いいんだ。同じように思っていたからな。でも、私もずっと見て見ぬ振りをしていたから似たようなものだが。……それで、それは記事にするのか」

訊くと、赫は首を振った。

「いや。……他にこのネタを買ってくれるところがあったんでね。記事にするより金になるんで、そっちに全部渡した」

口ぶりから、赫が売り渡した先はその議員の事務所だろうかと推察した。永田町《ながた》ではそんな光景は日常茶飯事だ。事務所側にしてみても、スキャンダルにされるよりはずっとましだし、おそらくそれで議員がおとなしくなるなら安いものと考えるだろう。

「……そうか」

「ああ。そのピンボケ写真はあんたにやるよ。俺にはそれは不要のものだ。そのクソ女をどうするかはあんた次第だ」

清巳に渡された写真には真美の顔ははっきり写っていても、男の顔ははっきりとしない。とはいえ、これだけでも真美が浮気をしているという証拠になるはずだ。

「……そうだな」

写真を封筒にしまい込みながら返事をした。こんなものを撮られていたと知ったら、真美はどんな顔をするのか。

もう真美とは一緒に暮らすことはできない。愛することの、本当の意味を知ってしまった今では、真美との芝居じみた夫婦生活を続けることはできない。

そう思っていると、赫は「清巳」と名を呼んだ。

穏やかな声で、清巳を呼ぶ。

「今まで……ひどいことして、すまなかった」

穏やかな、そして震えを押し殺した声だった。

赫は静かに立ち上がる。ギ……、と椅子を引きずる音が聞こえ、そして深く吐き出された大きな溜息が聞こえた。

赫はポケットからなにかを取り出し、清巳の枕元《まくらもと》に置く。――鍵だ。一番はじめ、赫が清巳の家を訪ねてきたときに作ったもの。

「悪かったな。あんたを困らせて――そんなにボロボロにさせちまった。……ごめん」

声が震えている。微かに嗚咽が漏れているのを清巳は聞き逃さなかった。

「だから、これで全部終わりだ」

終わりだ、と赫はゆっくりと言った。

清巳は顔を上向ける。これまで見たことがないほど、赫は優しい目をしていて……そして目尻の端に涙が浮かんでいるのが見えた。

「俺は誰よりもあんたを心から愛していたよ――清巳……にいさん」

独り言のように言って、赫は清巳に背を向けた。

清巳は耳を疑った。赫はなんと言った。

――心から愛していたよ。

そう言ったのではなかったか。

もう一度言ってくれ、そう言いたいのに声が出なかった。

一歩、赫は足を踏み出した。

それを見て清巳は、このまま赫は清巳の前から姿を消してしまうのだろう、とそんな確信を抱く。

もう、会えないのか。

会わないつもりなのか。

「赫、待っ……！」

向けられた背中にしがみつこうと、清巳は力の入らない体を無理やり起こし、必死で手を伸ばす。

だが、思うように動かない体は、バランスを崩してぐらりと傾ぐ。

「うわ……っ」

落ちる、そう思った。

「清巳ッ！」

瞬間、振り返った赫が清巳の体を受け止め、すんでのところで清巳はベッドから落ちずにすんだ。

抱きかかえられ、ベッドに戻されても、赫の腕は清巳の体から離れることはなかった。

「清巳……清巳……」

清巳の肩口に赫の顔が埋められ、何度も名前を呼ばれる。抱きしめている赫の腕も体も震えていた。

「あんた……何度俺の心臓を止めたら気がすむんだ」

くぐもった声が、清巳の皮膚に響く。赫の顔が埋められている肩口に、じんわりと温かいものが滲む感触を覚えた。

——泣いている……？

「清巳……どうして引き留めた。そんなことされたら、俺はあんたをもう手放せなくなる」

嗚咽混じりの、喉の奥から絞り出す声が聞こえる。

「愛してるんだ。……愛してるんだ、清巳。あんたが……俺のにいさんでも、俺はあんたのことが」

はっきりと赫は清巳に「愛している」と告げる。さっき聞いた言葉はやはり本当だった。

「赫……」

清巳は嗚咽を漏らして泣きじゃくっている赫の名を呼んだ。

「……血が繋がってるんだよ、赫。おまえと私は。それをわかっているのか」

愛している、と言われても、なお疑わしくて赫にそれをぶつける。

清巳の言葉に赫は顔を上げて、強い視線で清巳を見つめる。

「わかってるさ……！　そんなこと言われなくても……。それでも俺は……っ。——昔からだ。小さい頃から……清巳のことしか見えていなかった」

「嘘だ……だっておまえは男の私より、女の体の方がいいんだろう。だから……いつも女の格好をさせて、私を抱いたじゃないか」

清巳はまだ赫の言葉が信じられなかった。

「嘘じゃない。ああしないと、プライドの高いあんたは俺に抱かれてくれないと思ったから。……それにいくら女の格好をしても、あんたの体は男じゃないか。俺はどんな姿でも、あんたがあんただから抱きたかった」

確かに、はじめのうちは女の代わりだと思うことで赫に抱かれることを納得していた。本当の自分とは別の人間だと思うことで、抱かれることの言い訳を作って心を逃がしていた。あれは赫なりの思いやりだったのだ。

「……あんたに……俺だけを見てもらいたかった。どんなことをしても手に入れたかった。どれだけ詰《なじ》られても、脅してでも」

ひときわ強く抱きしめられた。背が撓るほど、赫の腕で。それはまるで鎖かなにかで締めつけられているみたいで、そのきつさに酔いしれる。こうしていると赫に縛りつけられているように思えて、うっとりとなった。

そして、「ああ、ずっとこうされたかったのだ」と心の片隅でぼんやりと思った。こうしていつまでも赫に縛りつけられていたい。

「いつからだ。いつからおまえは私を」

聞くと、赫はくしゃりと顔を歪める。

「あんたはもう覚えてないかもしれない。昔……まだ俺が小学校に上がるか上がらないかくらいの頃、いたずらで俺はあんたに口紅を塗ったことがあった」

赫は覚えていたのだ、と清巳は目を丸くした。

「それがものすごくきれいだと思って……俺はそのときから、清巳のことしか見えなくなった」

たぶん、あのとき幼いながらに欲情した、と赫はせつない声を絞り出す。

はじまりは二人ともそこからだったのだ。

しかし、同じ血を持っていたために、互いを乞うことはできなかった。こうして惹かれ合っていたというのに。

「好きで好きで好きで、でもあんたは俺のこと嫌いだろ？　だから憎くて。……あんたのことをめちゃくちゃにしたら、少しはこの気持ちも鎮まるかと思ったのに……忘れるつもりだったのに……一度抱いたらもう……」

痛いほど、赫の気持ちがわかる。清巳も同じ気持ちだった。甘美な果実は一度口にしてしまえば、その味を忘れることはできない。もう一度、もう一度と欲しくなり、諦めることができなくなる。

それが、人の道に反することだとしても。それでも――。

「……赫……好きだ」

するりと言葉が口からこぼれ落ちた。嘘みたいに素直な気持ちで、溢れ出した気持ちが

言葉になる。

「今なんて……？」

はっと顔を上げて清巳を見る目は、涙で濡れている。滲んで境界が曖昧になった瞳の色が、吸い込まれそうなくらい美しい色で、幼い頃に見た色と変わらないと清巳は思った。

おそるおそる、赫の頬に手を触れる。触れた指先が赫の涙で濡れた。

「愛してる……私も、おまえを」

赫の顔を引き寄せる。

「嘘じゃないよな……」

信じられない、という顔をして、赫は呟きを空に飛ばす。

「嘘じゃない。私も……私も、愛している」

赫の震えている唇に、自らの唇をあてがうと、はじめ伝わった小さな振動は、深くなる口づけに、いつの間にか消えてなくなった。

九

「清巳、大丈夫か？」

清巳は、胃潰瘍の方は順調な経過を見せたが、ひどい貧血に加え栄養状態が著しく悪いということで退院が延び、結局三週間も入院するはめになった。ようやく退院となり、主治医に「これからは体を大事にするように」と念を押される始末で、清巳は決まり悪さに笑ってごまかした。

赫が清巳の荷物を持って、一緒に病室を出た。これから会計をしてやっと自宅へ帰ることになる。自宅に戻るのもひと月ぶりくらいだろうか。随分久しぶりのような気がする。

「ああ。平気だ」

心配そうに覗き込む赫に笑顔を見せる。

「これ、預かってきた」

会計を待っている間、赫が清巳に手渡したものは清巳の自宅の鍵だった。

「……悪いな」

清巳は鍵を受け取って、手のひらの上のそれを指で摘んだ。

呆気ないものだ、と清巳は鍵をしばらくの間見つめる。それは真美が持っていたものだった。

「それから離婚届、向こうの弁護士と一緒に出してきた」

「すまない。手間をかけた」

「別に。たいしたことはしてない。一応後で向こうから連絡がくることになってるから」

「……わかった」

入院している三週間の間に、清巳の周囲は目まぐるしく様子が変わった。

真美とは離婚となり、そして彼女は家を出ていった。赫が清巳に手渡した鍵は真美が引っ越していった際、赫へ預けたものだ。

清巳が倒れて入院したと知り、真美と彼女の両親が駆けつけてきた。

それをいい機会と捉《とら》え、清巳は彼女の両親がいる前で離婚を申し出たのだった。彼女たちにとっては寝耳に水の話だ。当然彼女たちは相当驚き、かなり揉めたが、赫から渡された写真をもとに真美の浮気の事実を突きつけると、おとなしく申し出を受けた。

真美は病室で泣き叫び、取り乱して否定していたが、赫が写真だけでなく確かな証拠を見せたところ、それ以上はなにも言えなくなっていた。

一番ショックだったのはきっと彼女の父親だっただろう。

まさか自分が応援している議員と自分の娘が関係していたとは信じたくもなかったに違

いない。しかもそれを娘の夫から聞かされたのだ。

おとなしく彼らが引き下がったのは、真美との間に子供がいなかったことと、清巳が慰謝料を請求しなかったこともあるだろう。

また、今回の清巳の入院が、真美の浮気による心労と思われている節もないわけではない。一部においてはそれは真実だったし、そう思われて特に都合が悪いわけでもなかったから、その点については否定しないでおくことにした。

いささかの罪悪感はあるものの、それはお互い様だと割りきった。

「こっちの鍵はどうする？」

それは赫が作った合鍵だった。彼が清巳から去ろうとしたとき一度は返されたものだったが、清巳の世話をしていることもあってそのまま持たせている。

「それはおまえのものだろう？」

そう清巳が言うと、赫はうれしそうな顔をして、鍵を大事そうにしまいこんだ。

会計で入院費を支払うと、「行こう」と赫が清巳の荷物を持って待合いの椅子から立ち上がる。清巳は赫の大きな背中を見つめながらゆっくりとその後を追った。

「辛くないか」

振り返って赫が訊く。

「大丈夫だと言っただろう。心配性だな」

くすりと笑うと、赫は肩を竦める。

赫は、あれから随分清巳に甘くなった。

看護師たちにも、「とてもおにいさん思いの弟さんね」とすっかり気に入られてしまっていたようだった。

くすぐったいくらいの溺愛《できあい》に、清巳自身が戸惑ってしまう。

「こっちだ」

てっきりタクシーかと思っていたのに、赫は駐車場の方へ歩き出している。そのままついていくと、白いSUVが止まっていた。

「車なんて持っていたんだ」

感心して言うと、赫は苦笑いを浮かべる。

「ひどいな。その言い方」

「ごめん」

なんとなく、金を持っていないというイメージがあったせいか、赫が車を持っているのが意外だった。

「ま、いいけどな。確かにこれが俺の全財産みたいなもんだし」

乗れよ、と赫がドアを開けて清巳を促した。

リアシートへ荷物を置いて、清巳は助手席へ乗り込む。

平日だったが、都内は五・十日とあってやや混雑気味だった。それでも幹線道路をやり過ごせば比較的快適に走ることができた。

「はじめてだな」

車を走らせながら赫がミラー越しに清巳を見つめる。

「なにが？」

「清巳とさ、二人っきりでドライブなんて、はじめてだ」

言われて、そういえばそうだ、と今更気づく。普通の兄弟らしいことを、自分たちはなにもしたことがなかった。

「どうした？」

押し黙っている清巳へ、不安げに赫が話しかける。

「いや……私たちは、今までドライブすらしたことがなかったんだな、と思って」

いくらか沈んだ声に、赤信号で車を停止させている間、赫は空いている左手で清巳の手をぎゅっと握った。

そのぬくもりが愛おしい。

このぬくもりをこれからも手放さずにいられるだろうか。

「信号が変わった」

不安がないと言えば、それは嘘だ。

「ああ」

赫は清巳から手を離して、再び車を発進させる。

途中、フレームが壊れた眼鏡を作り直しにショップに寄った。ショップで赫と二人であれこれ言いながらフレームを選び、決めたフレームは「これが似合う」と赫が選んだものだ。

レンズを加工してもらっている間に、近くの店で昼食を摂る。

「まだ胃は本調子じゃないんだから」

清巳はなんでもいいと言ったが、赫は消化のいいものがいいと、うどんすきの店を見つけそこに入った。鶏肉や野菜、麩《ふ》などが入って具だくさんの鍋《なべ》に二人で顔を見合わせて、にっこりと笑う。

「うまい」

よく火が通った鶏肉を嚙むと、口の中でじゅわっと肉汁が広がる。温かくしこしこしたうどんの麵《めん》と、それから野菜や肉からいい出汁《だし》が出たつゆと、そのつゆをたっぷり含んだ麩などに舌鼓を打った。

「よく嚙んで食えよ」

「わかってる」

赫の心配そうな声に、つい、ふふっと笑ってしまう。

こんなに美味しい食事はいつ以来のことだろう。

温かなうどんが心から美味しいと思える。それはきっと幸せだからなのだろう。こうして愛しい男と一緒に食事ができる、そのことがなによりもうれしかった。

出来上がった新しい眼鏡をかけて、再び車に乗り込む。

眼鏡を替えたせいか視界がクリアだ。隣にいる赫の横顔もくっきりと見え、清巳は眩《まぶ》しげに目を細める。目の前に新しい世界が広がっているように思えた。

つかの間のドライブ。しかもなんの変哲もない、見慣れた景色ばかりだったが、ひどく満たされたような気がする。

清巳の自宅マンションへは、四十分ほどで到着した。

自室のドアに鍵を差し込みながら、清巳は振り返って赫を見た。

「……後悔、しないか？」

ここから一歩部屋へ入ってしまえば、二人だけの空間になる。外から閉ざされた、二人だけの世界。果たして赫はそれを後悔しないと言い切れるのか。

「それは、俺のセリフだ」

清巳が僅かに開けたドアの隙間に赫は手をかけて、力任せに開ける。

清巳を部屋へ性急に押し込むと、ドアを閉めて、後ろ手で鍵をかけた。

「清巳、俺のことが好きか。男として、俺のことが」

荷物を放り投げ、赫は清巳を抱きしめた。体ごと包まれるように抱かれ、清巳は答える。

「好きだ……赫。おまえのことがとても」

もう後戻りはできない。

こんなふうに感情に流されて、欲望のままに求め合っていいのか、頭の中ではもうひとりの自分が、いまだにそう説いている。きっと、こうやって触れてしまえばなにかが大きく変わってしまう。けれども今、こうして手を触れさせている。この先なにがあるのかも、たぶん、わかっている。しかし理性だけで、止められるものではない。

赫が身を屈《かが》め、唇が重なった。

軽く啄《ついば》むようなキスをして一旦唇を離す。

「眼鏡」

「……え?」

「外すよ。あんたを全部裸にしてやりたい」

言って赫は眼鏡のフレームに手をかけた。

服を脱がされるより、眼鏡を外される方がなぜだか恥ずかしい。

眼鏡を外されると、もう一度唇が重ねられた。

重ねられた唇ははじめ震えていたが、時間が経つにつれ口づけは深くなる。舌を絡められ、咥内《こうない》を貪られた。歯列を舐め取られ、上顎の裏まで、余すところなく舌が這い回る。

誰もいない室内では、なにも音がしない。時折、外の廊下を歩く足音が聞こえるきりだ。外から聞こえてくるそれらの音を消すように、湿った音が響く。

合わせた赫の唇が首筋へと下りてゆく。遠慮がちに赫が首筋を舐めると、清巳の体はひくついた。

「あ……」

久しぶりの触れ合いに、体がとても敏感になっている。赫の舌や唇が肌に触れるたびに、清巳の体は痺れ、呆気なく快感の坩堝《るつぼ》に落ちていった。首筋を攻められているだけなのに、欲望が高まってゆく。赫は少し笑って、耳の後ろに吸いついた。

今度は耳朶を噛まれ、舌で耳の奥を舐められ、探られる。快感だけは高まっているものの、思ったような場所に思ったような愛撫が加えられない。

「……焦らすな」

もどかしくて、もっと違うところを、と咎めるように、清巳は赫の髪の毛を引っ張る。

赫がやっと首筋から唇を離し、「玄関先で?」と、にやりと笑って訊いた。

「意地悪だな……」

清巳が俯いて唇を噛む。

「清巳は恥ずかしい方が感じるから、ここでいい」

俺だって一秒も待てないし、そう言いながら赫は清巳のシャツのボタンを外し、乳首に囓りついた。

「――っ、ぁあっ」

清巳がジン、と痺れるような痛みに声を上げると、赫がすぐさま、同じ場所を舌で舐め上げる。痛みと、そして同時に与えられた快感に清巳の背が撓った。

「……あ……ぁ……」

清巳の乳首を舌で舐めている間に、赫は清巳の下半身も露にした。あっという間に、清巳は靴下だけ残されて、すべて脱がされる。

玄関先でこんなはしたない姿にされて、いくら誰も人がいないとはいえ、羞恥にふるりと体は震える。

「そこに手をついて」

言われるままに、清巳はドアへ手をついて尻だけを赫へ向ける格好を取らされた。すると、赫は露になった尻の狭間に顔を寄せてくる。

「や……そんなとこ……」

ぐいと尻の肉を摑まれたかと思うと左右に割り開かれた。敏感な粘膜が空気に触れて、思わず清巳は窄《すぼ》まりをきつく締める。なのに、赫はそこへ舌を這わせ、襞《ひだ》のひとつひとつを丁寧に舐めほぐしはじめた。

「あ……、……んっ……ん」

ぴちゃぴちゃと、淫猥《いんわい》な水音が響く。淫らな舌遣いに加え、指まで窄まりに入れられ、自然と清巳の腰が揺れた。

「ぁ……ぁ……」

先走りがぽたぽたと足先へ落ちる。

はじめ遠慮がちに浅く動かしていた指は、清巳の中が蕩けて開いてゆくのにつれて、次第に深く抉るようになっていく。

「あ、あ、……っ、そ、こ、……っ」

「いい？」

「……んっ、……ぁ、いい……っ」

乱れて、声は興奮に掠れている。だんだんと赫も指の本数を増やし、そして大胆に動かしていた。

「中、……ひくついてる。……黙ってても指に吸いついてきて」

清巳のどうしようもなく震える指が、寄りかかっているドアの上を彷徨う。無機質なそれを頼りにしていたが、立っているのも辛く、カクカクと体が震えた。

「あ、あ、指、……っ、ゆ、び……、も、やめ……ッ」

「やめる？　指、抜いていいのか？」

「ちが……っ、抜か……あ、ぁっ、……こっち、……ンンッ」

切羽詰まり、もはや声を殺すことができなくなっている清巳が自らの尻に手をあてがう。

「どうして欲しい？」

揶揄うように赫が言う。乱れている清巳にあられもない言葉を言わせたいのは明白だ。それを言おうかどうしようか逡巡《しゅんじゅん》していると、ジ……、というジーンズのファスナーを開ける音が聞こえた。

「欲しいんだろ？」

赫は自分のものを取り出し、硬くなったそれを清巳の尻の割れ目に沿って、撫でるように往復させた。

撫でるだけじゃなく、それで突いて欲しい。欲しくて、とうとう口にする。

「あっ、……入れ……っ、掻き回して……なか……っ」

赫、と必死な声でねだると、赫は清巳の後ろに入れていた指をずるりと引き抜いた。

「――――ァアッ」

指を抜かれて清巳が体を撓らせる。

ひゅっと息を継ぐと、間髪を入れずに、赫は清巳の肉の中にペニスの先をねじ込んだ。

「ああっ」

艶めかしく、清巳は体をくねらせる。中で蠢く硬い肉の感触に清巳の体にはザッと汗が浮き、体のどこもかしこもが火照《ほて》って熱くなる。

「あ……はぁ……、あぁ……」

清巳が浅く呼吸をしながらゆっくりと赫を受け入れる。狭い部分をじわりと抉るように腰を沈められた。はじめのうち少し引きつれる抵抗があったが、やがて、貪欲《どんよく》にそれを食べるように咥え込んだ。

「……ん、……すご、……マジでキツ……っ」

ずずっ、と赫はさらに清巳の奥へとねじ込んでゆく。

押し込まれる感触がたまらない。清巳の中が慣れた頃、それを狙っていたのか、一息に奥まで貫かれた。

「あ――――ッ、あ、あ、あ……っ」

奥までしっかりと押し込まれ総毛立つ。

撓る背を抱き込まれ、背骨に沿って口づけられる。ゾクゾクとする快感が脊髄《せきずい》から脳髄へと這い上がった。

「動くぞ」

赫の掠れた声が聞こえると同時に、ゆるゆると腰を動かされた。最初はゆっくりと抜き差しが繰り返され、そのうちリズミカルな動きになる。それに合わせて漏れ出す清巳の声も、自分でも驚くほど甘くなってきた。

「あ、……んっ、もっ……と……ッ」

「もっと、どうするって?」

「……っ、して……っ、突いて……こすって……っ」

淫らな言葉で清巳は赫を煽《あお》った。これがありのままの自分だ。

赫が欲しくて、欲しくて、どうしようもない。

おかしいのは自覚している。けれど、打ち込まれる楔をそのまま、後ろで食いちぎってすべて自分のものにしたい。自分だけのものにしたい。

「ホントに腹立つ。あんた、すげぇやらしい」

くそ、と言いながら、赫は清巳の腰を引っ掴み、やみくもに腰を打ちつけた。

「あ、……っ、や、……奥、奥、……っ」

「奥?　……ここ?」

わざとポイントをずらして赫が奥を突いてくる。そのもどかしい刺激に清巳がかぶりを振った。

「ちが……、そこ、じゃなくて——アァッ」

清巳が声を出す合間に赫が指で乳首を捏ね回す。尖った乳首を指で苛められながら、腰を入れられて、清巳は悶えながら大きく体をうねらせた。

くっ、と赫が喉を鳴らして笑う。

「ここだろ?」

喘ぐ清巳の唇に指を這わせると、清巳は赫の指に舌を搦めてそれすら貪ろうとする。

そこに不意を打って、赫は腰を捻り入れ、深く奥を穿った。

「あっ、……あ……っ……そこ、……硬いの、あた、……って……アァッ」

清巳の後ろを突き上げているぐちゅぐちゅという音と、二人の荒い息が重なる。ひどく淫猥な音に、頭が逆上《のぼ》せ上がった。赫もきっと同じなのだろう、清巳の中で質量を増した。

「赫……っ、いっ、あ……ッ……おっき……っ、な、っ」

体を仰け反らせ、悲鳴のような喘ぎを漏らした。快楽に眉根を寄せて、腰を揺らす。

「清巳ッ。……きよ……み……」

耳朶を食《は》み、清巳の名を呼び、掻き混ぜて、繋がっているところを溶かす。腰を抱え直され、奥を抉られる。清巳の足先が緊張に震え出した。

「あ……でる、……っ、もぉ、……いく……ッ」

「出せよ。出して、いくとこ、見せな」

中をひくひくと蠢かして、快感に溺れていく清巳の痴態に連動し、赫も高みに追いやられているのか、腰を叩きつける動きが止まらない。

がくがくと引きつらせている清巳の体を激しく揺さぶった。

「清巳……っ」

「で……るっ……赫っ……あァッ――――!」

ほどなく、もうほとんど出なくなってしまった声を絞り上げて、清巳が白濁を吐き出す。赫も同時に動きながら射精し、清巳の中に白濁を撒《ま》き散らした。

気がどうにかなってしまうほど、互いに名前を呼び合い、射精が終わっても動く体を止められなかった。顎を取られ、振り向かされて、繋がったまま口づけを交わす。清巳が身じろいでまた声を出す。

終わった瞬間からまた欲しくなるなど、際限のない快感は知らなかった。

シャワーを浴びた後、場所を変えて寝室で再び抱き合う。

バスルームでも体を洗い流すだけではすまなかったのに、ベッドの上ではまた別だとばかりに激しく求め合う。

「足りない」

体もシーツも互いの体液まみれになっているというのに、それでもなお離れられなかった。

そろそろ腹も減って飢えているくせに、別のところも飢えていて、口づけだけでその飢えは満たせないでいる。何度も何度もしたはずなのに、赫に耳朶を甘噛みされれば我慢ができなくなった。

「も……ダメだって……」

汗だくになった体に抱きしめられて吐息と一緒に言葉を漏らした。繋がった体はドロドロに溶けきっていて、自分で動くことはおろか、動かされるのも億劫《おっくう》だ。

「どこがダメだって？」

唇を重ねられ、髪の毛を梳《す》かれる。

再びのしかかってくる赫の体の重みが心地いい。

「ん……っ」

与えられる甘い口づけに陶然となりながら、清巳は自らも赫の背を抱きしめた。

もう離さない。

そんな清巳の気持ちを知ってか知らずか、赫が物騒なことを口にした。

「清巳が死んだら、俺も死ぬ」

どきりとしながら「なんだ、いきなり」と返す。

「あんたが血を吐いて倒れたとき、そう決めた。あんたがこのまま死んじまうなら、俺も生きちゃいないって」

そう言って赫は清巳の左の手の甲に口づけた。

誓っているつもりなのか、と手の甲に受けた口づけの熱さに息を呑む。

「バカだな」

「バカでもいいさ。俺はそう思ってる。あんたいつも自分だけで溜め込んじまうから」

赫の唇は手の甲から、指先へと移り、清巳の薬指へ這わされる。

そこには少し前まで、結婚指輪が嵌《は》められていた。

「死なないよ、赫」

清巳も赫の左手薬指へ口づけ返す。

「清巳……」

「死んだら……おまえに抱きしめてもらえなくなる。そうだろ？」

「ああ」

どちらからともなく、互いの体に腕を回し、抱きしめ合った。手足を絡め合い、唇を合わせて舌を搦め、また互いを繋ぎ止める。

「清巳……離さない。ずっとだ……ずっと」

赫の熱の籠もった声を聞きながら、清巳は彼の腕に抱かれその胸に顔を埋める。

自分たちを縛りつけておくのは、荊《いばら》の棘でできた鎖だ。自らを傷つけ血を流しながら、けれど刺さるとけっして抜けない――そんなもので縛られている。しかし、その痛みを覚えながら、それでもきっと離れられない。

こうして二人で抱き合える、この甘美な果実がある限りは、きっと。

赫《あか》い棘の鎖

コットンパンツに白いシャツというラフな格好で柳田赫《やなぎだかく》は、海外ＶＩＰも宿泊する高級ホテルへ足を踏み入れた。メインエントランスに掲示されている、宴会場の予定をちらりと横目で確認し、冷房のよく効いたロビーを慣れた足取りで通り抜ける。

雨上がりの湿気のせいで、首筋に汗が滲《にじ》んでいる。たらりと汗の玉が流れ落ちる不快感も涼やかな空気のおかげですっと引いていく。

白鶴の間、と呟《つぶや》くように口にして、このホテルでも一番大きな宴会場へ足を向けた。

歩いていると、どうやら赫と目指す場所が同じらしい、スーツを着込んだ男性や女性の姿をちらほら見かけるようになった。さらに足を進めると、多くの人の流れができていて、皆目当ては赫と同じだというのを確信する。

宴会場のあるフロアには人が溢《あふ》れており、クロークには行列ができていた。

ぐるりと見回し、人混みを形成している年齢層に苦く笑う。赫のような二十代の青年はごく少数だ。あとは中年、壮年の男女。誰《だれ》もが皆、きっちりとした装いである。

とはいえ、服装に意味がないのを赫は知っていた。どうせ誰もそんなものを気にしてはいやしない。

今夜は、与党のとある党派のパーティーである。

議員個人のパーティーではなく派閥のパーティーであり、規模がかなり大きい。立食形式で二千人のキャパシティを持つこの大宴会場でさえ、おそらく満員電車並みの混雑になるだろう、と赫はいささかげんなりした。

クロークに預けるもののない赫は、受付へ向かう。いわゆるパーティー券を提示すると、芳名帳への記載を促される。赫は記載の代わりに、名刺を一枚受付の女性へ手渡した。

「ありがとうございます」

女性は赫から受け取った名刺をパーティー券とともにクリップで留め、テーブルの上へ置くと会釈した。

手渡した名刺は赫のものではない。このパーティー券を融通してくれた知り合いのものだ。別になりすましというわけでもなく、こういう場ではありきたりのことなので、表情も変えず赫は受付を後にした。

パーティー券は、個人での購入というのはまずめったにない。たいていは後援会や、会社、団体などでまとめて購入する。赫のようなフリーライターが手に入れるためにはどこからかのツテが必要だった。

そうはいっても、購入した側がすべての券を使えるほど、パーティーに出席する人数を割くことはできず、だいたいがいつでも余っている状態である。だからツテさえあれば比較的容易にそれを融通してもらえるというわけだ。

特に政治家のパーティーが開かれるのは、火、水、木という曜日にほぼ限られているから、出席できる層もおのずと限られてくる。ただ、一定数は出席しなければ購入側の立場もないから、適当な誰かが代理で出席というのはよくあることだった。

入り口で、ホテルのスタッフが飲み物を勧めてくる。彼の持つトレイには水割りとビール、ウーロン茶などが載っていた。赫はウーロン茶を手にして歩き出す。

「よお」

宴会場へ入るなり背後から声をかけてくる者があった。

「なんだ、珍しいところで会ったな」

声をかけてきたのは、全国紙の記者で堀内《ほりうち》という男だった。知人を介して顔見知りになり、何度か食事を一緒にしたことがある。

「ご無沙汰《ぶさた》しています」

「こんなとこにいるってことは、なんかいいネタでもあったのか」

探りを入れてくる彼に、「なにもありませんよ」と笑って答える。

「そんなこたぁねえだろ。おまえがうろつき回ってるってことは、なにかあるんだろうが」

「本当ですって。なにもなさすぎて、ネタになりそうなものがないか、探しにきただけですよ。それにメシも食えますからね」

「メシか。あんまり期待できそうにないけどな。見ろよ」

そう言ってちらっと視線を動かす。彼の視線の先には後援会の会員とおぼしき年配の女性たちが大勢いた。確かに彼女らがいると料理があっという間になくなってしまう。

こういったパーティーの場合、たとえば予定人数が二千人だったとしても、人数分の料理が用意されることはない。せいぜいが三、四百人分くらいのものだ。だからろくに料理にありつけない場合が多々ある。

「カレーが食べられたらそれでいいですよ。このホテルのカレーはうまいですから」

「確かに。はじめからカレー狙《ねら》いなら食えないこともないな」

ははは、と彼は笑う。どうしてもはじめに寿司や天ぷらに人が群がるので、初っぱなからカレーのコーナーに行く人間は少ない。

「でしょ」

「じゃ、カレー大盛りで食っとけ……それはそうと、おまえには借りもあるし、困ったことがあったら言ってくれ。これでも少しは役に立つんだ、俺は」

「ありがとうございます」

会釈して赫は彼と別れた。堀内には一度大きなネタを譲ったことがある。それ以来彼は赫に恩義を感じているらしく、それなりに気遣ってくれていた。この世界はまずは人脈だ。どこになにが繋《つな》がっているともしれない。

そうこうしているうちに、宴会場は人でいっぱいになった。案じていたとおり、この広い宴会場が人でぎゅうぎゅう詰めになる。この混雑ぶりならば、会場の中にいるのは二千人どころではないだろう。

時間になり、次々に挨拶《あいさつ》がはじまる。何人もの来賓の挨拶に、会派の重鎮。また所属する国会議員たち……と一時間も話を聞き続ける。

赫はその間ずっと、ひとりの議員に視線を向けていた。

堀内にネタはないと答えたが、それは嘘《うそ》だった。とはいえ、彼も赫の話を鵜呑《うの》みにはしていないだろうが。

最近赫は、視線の先にいる若手議員を追いかけている。

彼はその爽《さわ》やかなルックスから女性に非常に人気がある議員だった。清潔感があり、またキレ者という話もよく出てくる。現在の与党では票集めのためにはなくてはならない人材である。女性票というのは実に侮れないものなのだ。

その彼に不倫疑惑があるというネタを赫は拾った。これが本当なら大スクープだ。政界のスキャンダルというのはいつでも金になる。そしてそれは日本に限らずどこの国でも同じだろう。

はじめ赫は気軽な気持ちで彼を追いはじめた。適当に追って、不倫相手を見つけたらそのネタをどこか知り合いの週刊誌にでも売り飛ばせばいい、そのくらいの気持ちだったのだ。だが、今は違う。赫はそれをせずに単独で追っていた。

——清巳《きよみ》……。

赫は内心で、兄の名前を呼んでいた。

ターゲットにしている議員は、神妙な顔で壇上にいる現幹事長の挨拶を聞いている。この数人後には彼も壇上で二言、三言言葉を述べるだろう。

彼を追っていくと、相手の女性の輪郭を摑《つか》んだ。さらに調べていくうち、自分だけで追おうと決めたのだ。

なぜなら、その議員の不倫相手が兄の清巳の妻である可能性が浮上してきたからである。あくまでもまだ何人かいるうちの候補のひとりではあったが。しかしそういった疑惑があること自体が問題だ。なにしろ自分にとっては兄嫁ということになる。その女性が議員と関係しているとなると……とてもこのネタをよそに売り渡すことができなかった。

そして密《ひそ》かに追うことしかできないでいる。

確たる証拠を摑むまで、これは自分だけの秘密だった。

＊＊＊

赫は新宿のはずれにある馴染《なじ》みの店のドアを開けた。《サリーガーデン》という可愛《かわい》らしい名前に似合っているのかそうでないのか、店の外観は昭和の酒場さながらである。また中もそんな感じで、レトロといえば聞こえはいいが、見た目はいかにも場末のスナックだった。

「いらっしゃい」

店ではきれいにメイクをし、華やかなドレスを着た美人のママ――性別はれっきとした男だが――がにこやかに笑って出迎えてくれた。いわゆるニューハーフ系のバーか、といわれるとここは違う。そういったカテゴライズがないただの酒場だ。性別も性指向も性癖も関係なく、酒を飲みにだけ来ている客しかいない。だから赫はここが気に入っていた。

今晩はまだ週の半ばのせいか、それとも時間もかなり遅いせいか、客はカウンターにひとりきり。見たところ五十代くらいの、身なりから自由業といった雰囲気の男性だ。彼は静かに水割りを飲んでいた。何度もこの店で見かけたことのある常連で、赫は小さく会釈をする。するとカウンターの客も会釈してまた酒を飲みはじめた。

「いつものでいいの」

カウンターに座った赫にママが訊《たず》ねる。

「ああ。頼む」

そうして出てきたのは、ワインの赤。とはいえ、フランスやイタリアのものではなく、タナという品種から作られたウルグアイのワインだ。日本ではあまりポピュラーではないこのワインを赫はママに頼んで用意してもらっていた。タンニンを多く含むのが特徴で暗いルビー色というような深い色味と渋みがある。人によっては薬臭いとも金属臭とも表現されるこの独特の香りと味のせいで、好き嫌いは分かれるのだろうが、牛肉には非常に合うワインである。二年前まで南米に暮らしていた赫にとっては懐かしい味なのだった。

「最近、忙しいみたいじゃない。色男のあんたが来ないせいで、うちは全然客が来なくなっちゃったわよ」

「まさか。そんなことないだろ」

「ま、そうだけど。でも、暇なのはホントよ。まったく客はどこ行っちゃったのかしら」

茶化した言い方をしながら、「あんたが忙しいのはいいことだわ」とにっこり笑った。

しばらくそうして飲んでいると、店のドアが開いて、どやどやと賑《にぎ》やかな数人の男女のグループが入ってきた。

甲高い笑い声に、つい今し方までの静寂が打ち破られる。

「ママぁ、あたしのボトルって残って……って、赫じゃない！」

グループの中でもとりわけ露出の多い、派手な服を着た若い女性が「きゃあ」と叫ぶように黄色い声を上げながら赫の席へ駆け寄ってきた。

「赫ぅ、なにしてたの？　しばらく姿見せないんだものぉ。連絡もくれないしぃ」

甘ったれた声を出して、背後から赫の首に腕を巻きつける。

「別に。仕事してただけだ。ユイ、悪い。ひとりで飲みたいんだ」

赫は素っ気なく答え、ユイと名を呼んだその女の腕を振り払った。

「いいじゃない。久しぶりなのにぃ。どうして連絡くれないのよぉ。あたしずうっと待ってたんだから」

ユイは赫が拒絶するのもお構いなしに、再び赫の首に腕を回すと、さらに背中にぐいぐいと胸を押しつけてきた。胸が大きいのが自慢らしく、こうすれば男は自分へ振り向くとわかってやっている仕草だ。

「赫ってばぁ」

赫に巻きついている手の、その整えられた形のよい爪《つめ》はきれいに彩られている。おそらくこまめにネイルサロンに通っているのだろう。

そうしてフローラルの甘い香りがぷんと鼻の奥をつく。男受けのするフレグランスなのだろうが匂《にお》いがきつくて、赫は顔を顰《しか》めた。

だがそんな赫の表情など知らないユイは赫の耳許《みみもと》に、「ねえ、あたし、今晩暇なの」と囁《ささや》きかけた。

赫はうんざりしたように、ユイには返事もせず黙って酒を口にする。

「ねえってば、赫、いいでしょ？　しよ？」

ユイは赫の首に回した手を、今度は下肢へと滑らせる。赫の太腿《ふともも》をゆっくりと撫《な》でて、

「好きにしていいから」と吐息交じりの色めいた声で誘う。

赫は無表情でユイに構うこともせず、グラスを傾けていた。

「赫ぅ……」

ユイは赫の手を取って、自分の胸を触らせようとする。そこで赫はようやくユイの方へ顔を振り向けた。彼女の唇が目に入る。店のライトに反射して赤い口紅が艶々《つやつや》と輝いている。赫はそれを目にして、ふん、と鼻を鳴らした。

「やめろ。おまえと寝る気はまったくない。他のヤツを誘うんだな」

大きな息をつきながら、赫は強い口調で言い、ユイをじろりと睨《ね》めつけた。

「どうしてよ。いいじゃない。あたしたちセックスの相性よかったでしょ？」

「相性？　笑わせるな。あのとき一度だけだと言うから仕方なくつき合っただけだ。俺は一度寝た女とは二度と寝ない。それに連絡する気もない。一度きりでお終《しま》いと、おまえも納得したんじゃなかったか。しつこい女はうんざりだと言ったはずだろう？」

そう言うと、赫はユイの手を外す。ユイの顔は青くなっていて唇がわなわなと震えていた。ユイは歌舞伎《かぶき》町で売れっ子のキャバ嬢だ。ずば抜けた美人で、彼女自身もそれを自覚している。まさか断るなんて、そんな声が聞こえてくるような表情をしていた。

彼女とはこの店で顔見知りになったが、赫はどうやらユイに一目惚《ひとめぼ》れされたようで、は

じめから執拗《しつよう》に迫ってきた。あげく、ストーカーめいたことまでされたので、一度だけという約束で赫は彼女を抱いた。

彼女にしてみれば、一度セックスしたら、絶対に赫は自分へ靡《なび》くと思ったのに違いない。

だが、赫は彼女にまるで興味がなかった。

「ひ……どい……」

「どこがだ。そんなふうに言われる筋合いはないな。俺は約束は守った。おまえも約束は守るべきだろう」

切って捨てるように言うと、ユイはギリギリと奥歯を嚙《か》んで、赫を睨《にら》んだ。

「わかったわよ！　女に恥かかせやがって！」

罵《のの》るように汚い言葉をぶつけ、ユイはくるりと体を翻し、大きな足音を立てて店から出ていってしまった。

おそらくプライドを傷つけられたとでも思ったのだろう。しかも友達のいる前だ。彼女にしてみればひどい屈辱に違いない。けれど、だからといって赫にはユイを抱きたいと思う気持ちはこれっぽっちもなかった。

一緒にいた連れの人間は、困惑したような表情を浮かべ、ユイを追って店を後にする。最後のひとりが店を出て、ようやく元の静けさが戻った。

赫はカウンターにいる客に「すみません」と謝り、ママにも「客を追い返して悪かった」と頭を下げた。

「いいわよ。お行儀の悪い子はこっちも願い下げだから」

苦笑しながらママは肩を竦《すく》めた。

「ごめん。迷惑かけた」

「仕方がないわよ。あの子にはいい薬でしょ。……それにしても、相変わらずね、あんた」

「なにが？」

「いいえね、あんたはモテるのに、けっして特定の恋人を作らないのよね。昔から」

「…………」

赫は相槌《あいづち》を打つこともせずに、グラスに口をつけて酒を呷《あお》った。

「ねえ、まだ前に言っていた人のこと、忘れられないの？」

ママに訊《き》かれ、「ああ」と小さく返事をした。

「そんなに好きなんだ」

「……誰よりもな」

「誰よりも、ね……。その人とは無理なの？」

「無理だな。絶対に、どうこうなることはない」

「絶対、って。あのね、世の中、絶対なんてことはないのよ。万が一ってことがあるじゃない。諦《あきら》められないんだったら、あんたもユイみたくぶつかってみたらいいのに」

赫は静かに頭を振った。

「万が一、ってことはあり得ないんだ、ママ」

自分を戒めるかのように、赫ははっきりと口にする。そう、これぱかりは絶対にあるはずがないのだから。

「……そうなのね。……辛《つら》いわね」

ママは赫の声に震えるものを感じ取っていたのかもしれない。それ以上はなにも言わず、すぐに「お代わりよ」と空いたグラスにワインを注いだ。

——世の中、絶対なんてことはないのよ。

そうだったらどんなにいいか、と赫は酒を体に流し込む。

このワインの味は、自分の恋心を葬ろうとしたときの味だ。

その人から逃げるように地球の裏側へと飛んで、ここで野垂れ死んでしまえばいいと思うほど荒《すさ》んでいたそのときに出会った酒。

——清巳。

赫には心の底から愛している人がいた。その人以外、愛せる人はいないと赫は思っている。だが、それは実らない恋だった。けっして、実ることのない、不毛な恋。

ママに絶対、と言い切ったのは愛している人が実の兄だからだ。血が繋がっている、両親ともに同じ、正真正銘の兄。

その兄相手に赫は劣情を抱いている。家族としての愛情ではなく、性愛を伴う愛——。一時は自分がおかしいのかと悩んだ時期もあったほど、物心ついた頃から、赫は清巳を愛し続けていた。

何度も諦めようとしたけれど、忘れようとすればするほど想いは募る。

地球の裏側、清巳から一番遠いところで暮らしてもみた。しかしよけいに彼への想いは強まるだけに終わった。

店にはラテン・ミュージックが流れている。

耳にしてその哀愁を帯びた声に惹《ひ》きつけられた。ギター一本で歌い上げ、タンゴの源流ともいえるパジャドール（吟遊詩人）のミロンガ・スタイルが強く出ている歌声。赫はじっとその声に聴き入る。

ふと赫は南米のあちこちを放浪していたとき、アルゼンチンのコルドバで出会った高齢のパジャドールのことを思い出した。その彼は荒んでいた赫に様々なことを即興の歌にして教えてくれた。

そのときの赫は随分と自暴自棄になっており、スラムで強盗に襲われて死んでも構わない、くらいには荒んでいた。ただその前に、アルゼンチンで一番古いといわれるラ・コンパーニャ・ヘスス教会を見ておこうと思ったのだ。穏やかな街を歩いていると、広場に彼がいた。

彼の歌は衝撃的で、赫はその場から動けなくなり、ただ涙を流して立ち尽くしてしまう。

そんな赫に彼は歌い終えた後、優しく声をかけてくれたのだ。

ひとが自由であるということを繰り返し彼は歌う。それはこの豊かであるにもかかわらず発展が停滞し、貧困と向き合いながら地に足をつけて誠実に生きている人々の重みのある言葉。

『思い詰めなくていい。思うのは自由だ』

赫の吐き出した思いを受け止めながら、心が疲れたなら休みなさい、と教会を案内しながら荒れた赫を慰めてくれたのだった。古い厳かな佇《たたず》まいの教会に圧倒されながら、心が裸になるのを感じはじめていた。辛ければ泣けばいいと、叫べばいいと彼は教えてくれた。

日本に戻ろうとぼんやり考えたのはそのときだっただろうか。

結局どこにいても――距離を置いたところで、恋心に距離など関係ないとやっとわかった。

そして、今飲んでいるタナ・ワインを教えてくれたのも彼だ。

この歌声を聞いていると、その彼の声に重なるような気がした。

もの悲しくも美しい旋律と哲学的ともいえる歌詞に、赫は耳を傾ける。それはときに胸を掻《か》きむしりたくなるような、泣き叫びたくなるような、自分の奥深くに潜む感情を揺さぶる音だった。

＊＊＊

現在の住まいにしているウィークリーマンションへ赫が戻ったのは、そろそろ夜が明けようとしていた頃だ。酔おうと思ってもなかなか酔えず、だらだらと酒を飲んでしまった。

一日の中で、この時間帯が一番街が静かになる。

なんの音もせず、しんと静まり返った道路にひとり立っていると、ここが東京であることを刹那《せつな》忘れる。ここはどこでもない、清巳の住む街で、そして自分は彼と同じ空気を吸っている。それが幸福だと思うときもあるが、しかしその真逆のことを思うこともあった。交錯するふたつの相反する気持ちが、ときに赫自身を押し潰《つぶ》しそうになる。

それでもあの、人生の悲しみや苦しみ、そして喜びを、歌で教えてくれた人が住む大陸で出した結論は、東京へ戻ってくることだった。

とはいえ、まだ気持ちは揺れていて、だから二年前に帰国してから今まで住まいをきちんと構える決心もつかないでいる。結局自分は臆病《おくびょう》なのだ、と赫は自室の鍵《かぎ》を開けた。

このところ、ろくに眠れない日々が続いていた。酒を飲めば熟睡できないとわかっているものの、酒を飲めばとりあえずは思考を減退させることができる。眠れなくてもいいから、なにも考えたくなかった。

シャワーを浴びた後、下着もつけず裸のままベッドの上に転がった。

一日閉めきっていた部屋は蒸し暑く、エアコンをつけても不快なままだ。

目を瞑《つむ》って、いつ来るかもしれない眠気が訪れるのを待つ。

不意に、少し前に絡まれたユイのどぎつい香りを思い出し、ちっ、と短く舌を打った。

「くそっ」

悪態をつきながら、ユイではない別の人間の匂いをふと思い出してしまう。

生まれてからずっと同じ屋根の下に暮らしていて、いつからか気がつけばすれ違うたび、その人の匂いにぐらぐらと目眩《めまい》がするようになった。

それが性衝動だと実感したのは、自慰を覚えてからだ。彼の匂いを嗅《か》ぐだけで、ひどく興奮して何度も抜く。彼自身の体臭は薄いのに、赫にとっては、どんな香水よりも官能的に思えていた。

だからあの当時はあれほど清巳の匂いから逃れたくてたまらなかった。だが、いざその匂いから離れてしまうと、わめきたくなるほど気持ちが波立つ。

後悔はしていないが、いつまでこんな想いと闘っていかなければならないのか、と絶望にも似た気持ちになった。

今だって。

「ひでえな。高校生かよ」

バカじゃねえの、そう言ってゲラゲラ笑いながら、冷めた目で自分自身の下肢へ視線をやる。

思い出しただけでこれだ、と己のペニスが勃起《ぼっき》しているのを見て呆《あき》れ返った。

ユイが体を押しつけてきたってこれっぽっちも欲情しやしないのに、清巳の匂いを思い出すだけで自分の中の血が滾《たぎ》って、体が熱くなってくる。

赫はペニスを摑むと上下に扱《しご》き立てた。

「……っ、は……っ……ぁ」

いっそこのペニスをちょん切ってしまおうか、と思わないでもない。愛する人と結ばれないのなら、こんなものはあるだけ無駄なものだ。ちょっと清巳のことを思い出すだけで勃起するなど、なんて厄介なものなのだろう。こうやって、作業のようにペニスを扱いて、精液を吐き出すことになんの意味があるのか。

そう思うとおかしくなってくる。滑稽《こっけい》だ。

「清巳……清巳……っ」

赫は兄の名を呼びながらペニスを擦《こす》り続け、彼と最後に会ったのは、と記憶を手繰り寄せた。

五年前——。

大学の卒業式の後、赫は次の日すぐに南米へと向かう予定を立てていた。本当はすぐにでも出発したかったのだが、どうしても最後に清巳の顔を見たくて次の日にしたのだった。

それから、自宅の机の引き出しに入れていた大事な宝物を荷物に入れるために。

赫が自室でスーツケースを開けていると、清巳が帰宅した。

彼の勤務先は霞《かすみ》ヶ関《せき》だから、帰宅が遅いことは日常茶飯事であり、だから赫もそのつもりで、清巳の帰宅は遅いものだと思い込んでいた。

が、その日は違った。どうやら定時で上がったらしく、夕飯に間に合う時間に帰ってきた。嫌いではあるものの、海外に行くという弟のために彼なりに気を遣ったのだろう。

コンコン、と控えめなノックの音がして、「いいか」とこちらも控えめな声がドア越しに聞こえた。

「ああ」

短く返すと、ドアが開いて清巳が顔を覗《のぞ》かせた。

きれいな顔をしている。亡くなった母を赫は知らないが、アルバムに残されていた写真の母と清巳はよく似ていた。

昔の清巳はそのどこか儚《はかな》いような、線の細い容貌《ようぼう》から、少女と間違えられることも多かったが、大人になってもどことなく中性的な容姿をしていた。眼鏡《めがね》とスーツで、社会人だとは見えるものの、それを取り去ったら――。

「赫」

ぼうっとしていたところに声をかけられ、一瞬で我に返った。

「いつ、出発なんだ」

開きっぱなしのスーツケースへ視線を走らせながら清巳が訊く。

「明日の朝。始発で出る」

「……そうか……早いな」

「まあね。……で、なんか用？」

「いや、別に。……ところでどうして南米なんかに」

渋面を作った清巳が溜息《ためいき》を吐き出すようにそう言った。

あんたの顔を見たくないからだ、と言ったら清巳はどんな顔をするんだろうか、と一瞬そんなことを聞いてみたくなった。けれど、赫は口を噤《つぐ》んで返事をしなかった。

「どこに行くんだ」

「……とりあえずボリビア。知り合いがいるんでね」

学生時代、暇を見つけては赫はふらりと海外へ出かけていった。だから南米もはじめてではない。以前訪れたときに仲よくなった知り合いのところへいったんは身を寄せるつもりだった。正直なところ治安がいい場所ではなく、赫もそれはもちろん理解している。だがボリビアと聞いて、清巳は眉《まゆ》を顰《ひそ》めた。

「それでいつ戻ってくるんだ」

「さあ。二年か三年か……いや、戻ってこないかもな」

それを聞いた彼の目は丸くなっていた。

観光ビザでの入国は九十日が限度だ。きっと清巳はせいぜいビザが切れるくらいまでの滞在だと思っていたに違いない。

「仕事があるのか」

「いや？　別に決めてねえよ。向こうに行ってから考える」

「考えるって……。ビザはどうするんだ」

「なんとかなんじゃねえの。期限のちょっと前になったら、国境越えとけばいいし。四、五日チリかアルゼンチンあたりにいりゃあ、またリセットできるしな。仕事が見つかればそれに越したことはないいし、いざとなったら向こうで現地の女と結婚するって手もある。あっちじゃよくあることらしいぜ」

にやりと笑ってみせると、清巳はあからさまに嫌悪の表情を見せた。

真面目《まじめ》な清巳にはそんなビザの抜け道なんか考えたこともなかったのだろう。知識としてはあるだろうが、自分からそんな考えに至ったことはないはずだ。ましてや安易に外国人と結婚、など、まるでコンビニにビールでも買いに行くような口調で言う赫を、清巳は軽蔑《けいべつ》の眼差《まなざ》しで見ていた。

「冗談だって、冗談。真に受けんなよ。つか、ちゃんと仕事のあてはあるって。だからさっさと就労ビザ取るよ。あんたの顔に泥は塗らないから安心しな」

「仕事のあて、って、どんな」

怪訝《けげん》な顔をして訊かれる。

「日本人向けの観光ガイド。最近、ウユニ湖がブームらしいじゃん。ひっきりなしにやってくる日本人相手に観光ガイドしてくれってさ」

「そんな……胡散臭《うさんくさ》い……本当に大丈夫なのか」

「さあ？　ま、行ってみればいいんじゃねえの。騙《だま》されるのも勉強だって」

清巳の眉の間の皺《しわ》がいっそう深くなった。こんなふうにほとんどあてもないのに飛び出すなんて彼には考えられないことだろう。それが証拠に彼の視線はますます冷たくなる。

ろくでなしと思われている方が赫には気楽だった。好かれるより嫌われている方がずっと。毛嫌いされてしまえば、彼からは赫に寄りつこうとはしない。好かれるのは辛い……距離が近ければ近いほど、赫は自分を抑えきれなくなってしまいそうになる。

だから清巳にはわざと嫌われるように振る舞った。

案の定、彼は冷ややかな表情でそこに立っている。これで決定的だ、と赫は唇の端を引き上げ、最後にスーツケースの隅っこに、あるものを入れて蓋《ふた》をしようと手をかけた。

「それは……？」

清巳は赫がたった今、スーツケースの中に突っ込んだものを指さして聞いた。

赫はぎくりとなる。こんなものを持っていくと知れたら、と思ったが、開き直ることにした。

「これか」

そう言って、上擦りそうな声を抑えながらそれを清巳に見せる。

手のひらにそれを載せて、清巳へ差し出すと彼はきょとんとした顔をした。

「どんぐりの……コマか」

清巳は首を傾《かし》げている。

どうしてこんなものをわざわざ持っていこうとしているのか、まったく理解できないという顔だ。

赫は清巳にわからないほど小さく肩を竦めた。

それは昔、小学生だった清巳にもらったものだった。当時清巳は学校行事のキャンプで数日家を留守にしたことがあった。まだ小さかった赫は清巳が家を空けると知って、一緒についていくとただを捏ねた。風呂（ふろ）に入るのも、寝るのも清巳と一緒だったから、たとえ数日でも離れていなければならないというのは、その頃の赫にとっては大事件なのである。そこで清巳が赫に言い聞かせた。「お土産《みやげ》を持ってくるから」そう言って赫を宥《なだ》め、そして約束どおり、彼は土産を持って帰宅した。

それがこのどんぐりのコマだった。秋口のキャンプだったから、町中と違って山にはどんぐりも転がっていたのだろう。工作体験のようなもので作ったのだということだった。

それ以来、これは赫の宝物になった。ずっと大事にしているものだ。

おそらく清巳はそんなことがあったことなどとうに忘れていたのに違いない。古ぼけた木の実の質素な玩具《おもちゃ》は彼の記憶にも残っていなかったらしい。清巳の怪訝な顔を横目に見ながら、赫はなんともいえない寂しさを感じていた。

「向こうで当分世話になる家には小さいガキもいるっていうからな。こんなもんでもあれば少しは遊べるだろ」

赫はそう言って、どんぐりのコマをスーツケースの奥にそっとしまった。

「そうか。……ああ、そうだ。そろそろ夕飯だから下りてこいって」

「わかった」

それじゃ、と清巳は言って、ドアを閉めた。

清巳の足音が聞こえなくなると、赫は大きく息をついた。柄にもなく緊張している。手

のひらはじっとりと汗ばんでいる。

「…………っ」

俯《うつむ》いて、唇を噛む。

もしかしたらもう二度と、清巳とこうして話すこともなくなるのかもしれないのだ。赫は胸の中だけで、号泣し続けた。

「……ち……くしょ……」

はあはあと荒い息をつきながら、赫は腹の上に自分の精液をぶちまけた。

ベッドサイドに置いてあるティッシュの箱から、乱暴に数枚紙を引き抜くと、ゴシゴシとおざなりに腹の上を拭《ふ》き、それを丸めてくずかごに投げ入れた。

「……最悪」

赫は起き上がって、キッチンへ向かう。ここで料理なんか一度もしたことがないから、きれいなものだ。冷蔵庫にもビールくらいしか入っていない。

水道の蛇口を捻《ひね》り、ざあざあと水を流す。しばらく流していないと、水がまずくて仕方ない。そうして唯一の食器といっていい、マグカップに溢れんばかりの水を注ぎ、それを一息に飲み干した。

あの小さな木の実の玩具は、自分の恋心を葬るように地球の裏側の土中へと埋めてきてしまっている。だが葬ったはずなのになぜいつまでも気持ちを燻《くすぶ》らせているのだろう。濡《ぬ》れた口許《くちもと》を腕で拭《ぬぐ》い、再びベッドへ戻る。ごろりと横になると、今度は幼い頃のことを思い出す。

それもこれも、全部ユイのせいだ、と今夜あの店に飲みに行ったのは失敗だったと後悔する。

彼女のべったりと口紅を塗った赤い唇を見たせいで、昔のことがいっそう鮮明に頭の中に浮かび上がった。

清巳へ特別な感情を抱くようになったきっかけも赤い唇だった。

昔、自分がいたずらで彼の唇に塗った口紅。彼の白い肌と赤い唇の色が、とても美しいと思った。それまで見たもののなによりもきれいな彼に幼心に胸をときめかせ、それ以降、彼しか見えなくなってしまった。

ほんの幼い頃に恋をした。初恋は実らないものだと相場が決まっている。なのにその恋をずっと引きずって、いまだに振り回されて生きているなんてバカげている。それでもこの気持ちを捨て去ることができず、煩悶《はんもん》するしかできないでいた。

子供みたいにだだを捏ねることもできず、ひとりで苦しむだけだ。

ただ、恋をしただけなのに――。

＊＊＊

「堀内さんですか。……柳田です。先日はどうも」

数日後、パーティーで会った記者の堀内に電話をした。

やはり自分だけで調べるには限界がある。もっと詳しい情報が欲しくなった。そこで堀内に連絡を入れたのだった。

運のいいことに調べていった先で、ちょうど堀内が欲しがるようなネタをひとつ拾っていた。あのパーティーにいた議員のひとりに対しての政治献金がらみの噂《うわさ》を聞きつけたのだ。政治献金というのはどうにも面倒くさいもので、たとえ法に抵触していないとしても、グレーゾーンなものも数多く存在する。しかも世間の目がうるさく、どの議員も金に関してはピリピリしていた。

そもそもどこの政党もそれぞれに専任の弁護士がいて、献金する側も、ほとんどがその弁護士と相談しながら献金や後援活動をするものなのだが、ときどき高をくくって「このくらいなら」と油断する。そこをすかさずすっぱ抜かれることが多く、一度そういう疑惑があると記者にしつこく貼《は》りつかれることになってしまうのだ。

赫が拾ったのは総務省上がりの議員で、新興のＩＴ企業から不正な献金があるという噂だった。具体的には赫も知らない。銀座《ぎんざ》のとあるクラブのホステスがうっかり口を滑らせた話だ。本当はベッドの中ででも詳しく話を聞けばよかったのだろうが、今の赫はそんなよけいな手間も、興味のない女と寝るのも億劫《おっくう》で、それ以上は聞くのをやめた。

この間のユイのことで、疲れ果てていたこともある。あの日からさらに眠れなくなってしまっていた。

こっちのネタは堀内に渡せば、あとは彼次第だ。赫としては、それよりも自分が追いかけている案件になんとか風穴を開けたい。このネタと引き替えに、赫がターゲットにしている議員が所属している派閥に詳しい人間を紹介してもらいたいと、取引を持ちかけるつもりだった。

「ええ、じゃあ、十八時に新橋《しんばし》で。ＳＬ広場にいますよ」

そう言って電話を切り、堀内と会う前にもうひとり約束していた相手に会いに行くことにした。

待ち合わせ場所である新橋にあるチェーン店のカフェに行くと、相手はとっくにやってきていて、赫を手招きしている。

「こっち」

待ち合わせていたのは、高校時代からの親友であるミネという男だった。

「待ったか」

「いや、たいして。ちょうどこっちに仕事があったから」

そうか、と返事をして、赫は席につく。彼の存在がなければ今頃自分はどうなっていたのか、と思う。喧嘩《けんか》しか知らなかった学生時代に、「おまえさあ、強いんだから人様に指さされない方法で殴り合えばいいじゃん」とボクシングジムを紹介してくれたのは彼だった。一歩間違えば塀の中の生活を経験しかねなかった赫の人生を大幅に変え、とりあえずはお天道様の下を歩いていけている。赫にとって恩人ともいえる存在だ。

「じゃ、忘れないうちに。これ、いつもの」

「ああ、悪い。すまん」

赫から手渡されたのは、赫宛ての郵便物や宅配便で届く書類などだった。決まった住所のない赫は、ミネのところを郵便物などの転送先にしている。だから定期的にこうして受け取っていた。

世話焼きな男で、赫が帰国したときにも家に連絡を入れろとうるさく説教をされ、しぶしぶたった一度、家に戻ったことがある。……そこで清巳が結婚したことを聞いたのだ。

そのとき、これでもう絶対に清巳は自分のものにはならないことを悟り、ほっとすると同時に打ちのめされた。とはいえ、手が届かない存在になってしまった彼を忘れられる、そう思った。けれど。

　そうは簡単に問屋は卸さなかったということだ。

　赫は自嘲《じちょう》するように、微《かす》かに口を歪《ゆが》めた。

「眠れてないみたいだな」

　ミネが心配そうに顔を覗き込んできた。

「横にはなってる」

　赫の言い分に、ミネは溜息をついた。親友にはごまかしても無駄だと知っている。素直に伝える方が妙な心配をされないですむ。

「いっそ病院に行って、睡眠導入剤でも処方してもらったらどうだ」

　ひどいぞ、と顔を顰められた。

「平気だ。そのうち眠れんだろ」

「メシは？」

「大丈夫。ちゃんと食ってるし、クソもしてるから、まだ健康だって。いよいよ体が動かなくなったらおまえんとこに連絡入れるから」

「あのな。その前に病院行っておけ」

「考えとく。……ああ、そうだ。これ、小母《おば》さんに。好きだったろ、どら焼き」

　用意していた紙袋をミネに手渡す。ミネだけでなく、彼の家族にもいつも世話になっている。顔を出せない分、好物の菓子を持参した。

「赫……」

ミネは呆れつつ、諦めたような顔をしていた。赫に手こずるのはいつものことだといわんばかりだ。

「そこのはうまいぞ。もっちりした皮にしっかりした餡《あん》で」

「……わかったよ。とにかく、倒れる前に連絡は入れろ」

「そこは信頼してくれよ」

「どうだか」

ミネは肩を竦めた。もうつき合いも十年以上になる。こんなやりとりは日常茶飯事だ。それが赫にはほっとする。

「赫」

「ん?」

「おにいさんには、まだ会ってないのか」

ミネがじっと赫の顔を見つめてくる。

彼にはすべて、そう、なにもかも話をしている。それこそ高校時代の荒れていた頃から。だから赫の抱く清巳への想いも、そのせいで家にいられず荒れずにはいられなかったことも、この男だけは知っていた。そしてこんな自分のことを軽蔑もせずフラットにつき合いを続けてくれている。——かけがえのない親友だった。

「いや」

「会わないのか。今追ってるの、関係あるかもって言ってただろ」

「……どうすっかな」

「案外普通に会えるかもしれないし。会ってみたらどうだ」

ミネの意見に相槌を打つことなく、赫はただにっこりと笑顔を見せた。

「じゃ、また連絡するわ」

そう言って、伝票を持って席を立つ。ミネがなにか言いたそうにしているのを背中に感じながら、赫は会計をすませてカフェを出た。


「——どうかしたの？」

カウンターの中にいるママから声をかけられた。

数日前、ミネと別れた後に堀内と会った。堀内は赫との取引に快く応じ、赫の知りたい情報を自ら集めると約束してくれた。彼にとっては週刊誌や夕刊紙のゴシップ記事のネタはさほど興味がないようで、赫が派閥の議員の交遊関係を洗っていると伝えると、「早く言えばよかったのに」と肘《ひじ》で小突かれた。それよりも彼は赫が拾ってきたネタに目を輝かせ、どうにか形にすると息巻いていたのだった。

そうして再度の連絡で堀内から新たな情報を得たしばらくの後、密会に使用しているホテルのひとつを突き止めた。夕暮れのラウンジでひとりコーヒーを飲んでいるとき、そこで見たのは——。

「赫ちゃん、どうしたのって」

ぼんやりしていて、声をかけられたのが聞こえていなかった。

「あ……ああ、なんでもない」

赫の返事にママが怪訝な表情になる。

「その顔は嘘ね。でも、まあ話したくないんでしょうから」

察しのいいママに赫は複雑な気持ちで小さく笑った。

ホテルのラウンジで見たのは、清巳の妻である真美《まみ》という女とそれから例の若手議員だった。それだけならただの顔見知りが一緒にお茶をしているだけとしか思えない。だが、彼らの雰囲気は濃密な男女の関係にある者だけが持つ独特のものであった。

疑惑は確信となったが、彼らは最後に指を絡ませただけでそのまま別れてしまったのだった。もう少し早く乗り込んでいたら、あるいはもう一日早くあのホテルを突き止めていたらと思うと、悔しくてたまらない。堀内にパーティーで会ったときに助けを求めていればよかった。無駄な意地を張った結果がこれだ。赫は自分で自分に腹を立てていた。

「爪、ひどいことになっているわよ」

ママが赫の親指を指さした。

赫は苦笑する。どうやら知らないうちに考え込んでいたらしい。気がつくと、親指の爪がギザギザになっていた。

考え込むと無意識に爪を噛むのは子供の頃からの自分の癖だ。昔は爪を噛むたび、清巳に叱《しか》られていたな、と赫は自分の爪をじっと見た。

「やっぱり、なんでもない、なんて嘘ね。……で、お代わりはいつもの？」

クスクスと笑いながら、赫の空になったグラスを下げる。

「いや……ミントジュレップ」

「あら、珍しい」

ミントで頭をすっきりさせたかった。そして酔いたい。ふたつの相反する気持ちがせめぎ合う、それほど今の自分はいつもの自分らしくなく、じりじりとして落ち着かなかった。

「そんな気分なんだ」

「あんたがそんな顔をしているのも珍しいし、よほど厄介なことでもあったのかしらね」

「……かもな」

赫は頬杖《ほおづえ》をついて、グラスの載っていない厚い紙でできたコースターを手にすると、カウンターテーブルの上でくるくると回した。

丸いコースターはコマのようにくるくると回ると、ぱたりとテーブルに倒れる。赫はそれを何度も繰り返す。

（清巳は……知っているんだろうか……）

自分の妻が不貞を働いていることを兄は知っているのか、と赫はそればかり考えていた。知らせた方がいいのか。

けれど——自分は清巳には疎まれている。それもそのはずで、昔から彼には嫌われるようなことばかりし続けていたせいなのだが。というより、嫌って欲しくて、わざとそんなふうに振る舞っていた。優しくされると自分が惨めになる気がして……。

このまま自分がネタを追い続けていたら、兄嫁の浮気を暴露してしまうことになる。このスキャンダルが表に出ると、彼女だけでなく清巳までがゴシップ誌の餌食《えじき》になりかねなかった。

そうしたら清巳は悲しむだろうか。彼を苦しめることになるだろうか。

自分が彼の幸せを壊してしまいかねないことに赫の胸が痛んだ。

と同時に、清巳には幸せでいて欲しいのに、壊れてしまえばいいとも思っている。

（どうせ俺のものにはならない……）

「どうぞ。ミントジュレップ」

ことり、とグラスが赫の目の前に置かれた。

「ありがとう」

赫はグラスを手にして、一口含んだ。

爽やかなミントの香りがすっと鼻に抜け、そしてバーボンの味と香りが口の中に広がる。舌に残る酒の甘さにすぐ次の一口を飲みたくなる。

清巳みたいな酒だ。

清涼感があり、しかし、本質はとろりと甘さがある。

「あまり、思い詰めない方がいいわよ」

ママが心配そうに赫の顔を覗き込み、「サービスよ」と、上等のジャーキーが載った皿を置いた。

「ああ、そうだな……。悪い……ママにはいつも迷惑かけてる」

「そうでもないわよ。そのためにこの店を開いたんだから」

お飲みなさい、そう言って、ママは笑顔を見せる。その笑顔を見ながら赫はもう一口酒を口にした。

――このネタを拾ったのは神様のいたずらに違いない。

赫はその日、清巳のマンションの前に佇んでいた。

次の選挙が控えているせいもあるのだろうが、彼らはうまく隠しながら逢瀬《おうせ》を続けているらしく、なかなか尻尾《しっぽ》を摑ませようとはしなかった。

議員の行動パターンから、曜日を絞って追ってみたが空振りに終わる。だがやはり相手の女性は清巳の妻でほぼ間違いないようだ。というのも彼女は議員の地元の有力者の娘で清巳との結婚前からの知り合いであり、さらに深く突っ込んで調べてみると、一時期関係が噂されていたことがわかった。

また議員の事務所付近で、彼女の姿を目撃している声も相次いでいる。とはいえ様々な符丁は一致するものの、決定的なものはまだ摑みきれていない。

清巳がなにも知らずにいるかもしれないと思うと耐えられなかった。

考え込んでいるうちふらふらと足が自然に向いた。

清巳の家に行けばもしかしたら彼女がいるかもしれない。自分はまだ議員にも彼女にも面が割れてはいない。揺さぶりをかけたらなにか出るかもしれない。

それに自分は清巳の弟だ。弟が兄を訪ねるのはなにもおかしいことではない。我ながらそんな言い訳をしないとここまで来られないのか、と情けなく思いつつ、エントランスにあるインターホンの前に立つ。

清巳は律儀で、いくら赫のことを嫌っていても、結婚式の招待状や新居の案内などはきちんと赫の分へ宛てて用意をしていた。そういう生真面目さは彼らしいと思う。ただその当時は赫も海外にいたから、そういったものを手にしたのは彼の結婚式の後だったが。

帰国後に一度だけ家に帰ったとき、それらをすべて受け取った。その中には清巳の挙式の写真も入っており、それはさすがに数日深酒をするくらい気分を滅入らせた。

（清巳の幸せ……結婚して子供ができて、その横で穏やかに微笑《ほほえ》んでいる——俺はそれを望んでいたのに、いざとなるとダメだったな）

清巳のことをどれだけ諦めようとしたか知れず、自ら嫌われようとしていたくらいだったのに、うちひしがれて女々しく泣き明かしていたことを思い出す。

外国にでも行けば、少しは忘れられるかも、と思ったのだがそうではなかった。それから女を、また清巳に似た男を抱いても彼ではないと思い知らされた。

インターホンのチャイムを鳴らすと、一瞬の沈黙の後、冷たい声が返ってきた。

もとより拒まれるのは覚悟の上だ。

赫はやけくそとばかりにインターホンの内蔵カメラに向けて自虐的な笑みを浮かべる。

応答があるまでにややしばらくあった。留守か、と思ったとき「はい」と無機質な声が聞こえた。きっと出るか出るまいか迷っていたのだろう。仕方がないとはいえ、憎らしく思いながらインターホンのカメラを薄笑いを浮かべつつ睨みつけた。

「清巳？　俺」

帰れと言われるかと思っていたが、それでも――しぶしぶでも清巳は赫を部屋に通した。

当然のように清巳はあからさまに疎ましいという態度を見せる。

「なあ、久しぶりに会った弟を玄関先で追い返すつもり？」

口を開けば憎まれ口しか叩《たた》かない、自分の口が恨めしい。

「どうぞ」

清巳が不機嫌を露《あらわ》にしている。赫は清巳の表情をろくに見もしないで、靴を脱ぎはじめた。下駄箱の上に、この家の鍵だろうか、それが置き去りにするように載っている。

ちらりと見ればちゃんと鍵をしまうためと思われる小箱が置かれているのに、それを無視するようにぞんざいに剝《む》き出しの鍵がぽつんとあって、赫はくすりと清巳に見えないように笑った。

清巳の悪い癖で、疲れているとごくたまに無防備な面を晒《さら》すことがある。

普段よほど外では緊張を強いられているのだろう。自宅に戻ってきて油断しているのかもしれない。あるいは――。

昔からの、家の鍵をわかりやすいところに置いておく癖が抜けきっていないのか。

小さい頃、よく二人で留守番をしていたせいか、自宅の鍵はわかりやすい場所に置いておくのが常だった。でなければ小さい二人はすぐ鍵をなくしてしまいかねなかったから。

……仲よく寄り添うように二人きりで過ごしていたこともあったのに。

（きっとそんなこと覚えちゃいないだろうがな）

それが証拠とばかりに上がり込む赫の背後で、鬱陶《うっとう》しそうに微かに息を吐く音が聞こえた。

こうでもしないと、清巳にはまともに会えなかった。疎まれても、声を聞けばそして顔を見たら、一秒でも多く彼と一緒に時間を過ごしたくなる。

（未練たらしいったらねえな）

一度は、もう二度と彼の前に現れない覚悟だった。なのに、こうしていけしゃあしゃあと、清巳が女と暮らしている部屋にずかずかと入り込んでいる。

不意にこの間、サリーガーデンのママが言っていた言葉を思い出す。

——世の中、絶対なんてことはないのよ。

そうして苦笑いする。確かに絶対清巳には会わないと思っていたのに、この体たらくだ。

とはいえ、やはり自分の恋の行く末に関しては《絶対》に幸せな結末が来ることはあり得なかった。

清巳たちが暮らしている部屋は、真美の趣味なのか白を基調としたフレンチモダンなインテリアでコーディネートされた、いかにも女性の好むようなものだった。

ここに清巳が住んでいる。彼が食事をするテーブル、座る椅子《いす》。別の扉を開き、置いてあるダブルベッドを見てそこが寝室であることを知り、小さく眉を顰める。だが、別の部屋にもシングルのベッドが置いてあって、赫は密かに目を瞠《みは》った。

(寝室は別なのか……)

なぜだかそのことにいい知れない高揚感を覚えた。

少なくとも、清巳と真美の関係がいいとは思えなかったからだ。冷え切っている、とまではいかなくとも寝室を別にしている以上、夫婦の間でしばらく体の関係を持っていないのかもしれない。

どこか浮かれたように、赫はリビングのソファーに腰かける。ここで彼も毎日くつろいでいる。目を瞑って彼が毎日座っているだろうソファーの感触を味わった。

清巳との会話から、真美は観劇に出かけていると知った。が、それはおそらく嘘だろう。そう思って清巳を横目でちらりと見るが、彼は能面のように無表情で淡々と受け答えをしている。果たして彼は妻が劇場に出かけていると信じているのか、それとも本当はそれを信じていないのか……表情からは窺《うかが》い知れなかった。

ふと、よからぬ考えが頭を過《よぎ》った。

どうせ嫌われている身だ。そして今晩ここから赫が立ち去ったら、おそらく清巳はもう二度と自分とは会ってくれないかもしれない。

今のようにこうして二人きりでいられる時間はたぶん訪れることはないだろう。

――だったら。

赫の心の中に悪魔がひっそりと巣くいだす。

玄関に置きっぱなしにされているこの家の鍵――駅前には二十四時間営業の合鍵屋がある。この家の鍵の合鍵は十分程度で作れるようなものだ。そして清巳は自分に気を取られて玄関にある鍵のことなんかは微塵《みじん》も気にしてはいない。

背を向けている清巳のうなじを赫は目を細めて見つめる。襟口から僅《わず》かに覗く白い肌に息を呑《の》んだ。

それから彼のピンと伸ばされた背中、細い腰へ視線を留める。

「ちょっと食うもん買ってくるわ。ちょうどすぐそこにコンビニあったしな」

――どれだけ詰《なじ》られても、脅してでも……手段なんか選んでいられない。ただ、目の前のこの男が欲しくなった。

＊＊＊

どれだけ人は堕《お》ちることができるのだろう。

理性などはなからなかったかのように、赫は清巳の体を苛《さいな》んだ。

清巳は喉《のど》をひくつかせ、涙も汗もまた唾液《だえき》まで混ざり合ったもので顔中をべたべたにさせながら、声を上げ続けていた。

彼が着ていた女性ものの衣服は自分たちの体液にまみれて、無残な有様になっている。これではもうクリーニングにも出せやしないのではないだろうか。

「……許して……くれ……赫……ぅ……ぁ、あぁ……」

清巳の下腹は彼自身が吐き出した白いものでべったりと濡れ、ぬらぬらと卑猥《ひわい》に光っている。吐精こそしたものの、しかし彼のペニスはまだゆるゆると勃起しようとし、先からはぽたりと雫《しずく》がこぼれていた。

赫はコンビニで食べるものを買ってくると言ってこの家を出た後、真っ直《す》ぐに駅前の合鍵屋へ向かった。もちろん清巳の家の鍵を手にして。そうして合鍵をこしらえ、コンビニで買い物をして戻ってきた。

しばらく話をし、赫は帰る振りをした。警戒を解かない清巳を犯すのは容易ではないと考えたからだ。人間というものは気が張っているときには、意外なほど思いもよらない力を出すものである。いくら清巳が赫に比べれば非力といっても、彼だって男だ。抵抗されたら思うようにことは運ばないだろう。

運も赫に味方をした。真美から清巳に宛てた電話の会話を聞いて、今夜、彼女は帰らない、そう確信していたのだ。

——今夜しか。……今夜だけだから。

降って湧《わ》いたチャンスに赫は高ぶった。今夜を逃せばこんな機会はない。どうにかして手に入れたい。どんな手を使ってでも。

それは海外で嫌というほど見てきたことだった。本当に欲しいものは卑怯《ひきょう》と言われようが、欺いてでも手に入れなければならないと、心底実感してきている。

——一度だけ。

この夜だけが赫に与えられたチャンスだった。

赫が出ていったことで、清巳は油断しきっていた。再び赫が合鍵を使ってこの家に入り込んだとき、赫はドアの向こうにいた清巳の姿に驚いたのだった。なにしろそこにいた清巳は女性の姿をしていたから。

一瞬、目を見開き、すぐにその姿に目を奪われる。そして。

——おにいちゃん、きれい。

幼い頃に発した自分の声が頭の中でしきりに繰り返された。はじめて恋に落ちたときの、あの清巳が重なる。お人形のような美しい顔に鮮やかにひかれた紅の色。

幼い赫と幼い清巳と、今の赫と今の清巳と。

それは赫の理性を木っ端微塵《こっぱみじん》にするには十分な光景だった。

清巳が女装を趣味にしているのかとかは、いつからこういうことをしているのかとかは、まるで気にもしなかった。そのときに赫の頭の中にあったのは、これを利用すれば清巳をずっと自分のものにできるのではないのか、という卑劣で残酷な執着心だけである。

清巳の滑らかな肌に手を触れたとき、赫は自分の足下から地面ごと崩れ去って、地獄へと吸い込まれるように落ちていくのを感じていた。

嬲《なぶ》る言葉を口にし、清巳を追い詰める。

「あんたを本当の女にしてやる。ここでいけるようにしてやるよ」

清巳の拒む言葉は聞かなかった。誰も触れていない密やかな蕾《つぼみ》に指を忍ばせる。頑《かたく》なに拒もうとするその場所を無理やりに暴き、綻《ほころ》ばせる。その中の粘膜は熱く、そしていったん侵入を許すと、指に吸いついてきた。

この場所に自分を刻み込む——。

赫はごくりと息を呑み込んで、衝動のままに己のものを突き立てた。

それは今まで味わったなによりも深く、甘い、悦楽。

この愚かな行為の罰ならいくらでも受けてやろう。だが今は、と赫はなにもかも蕩《とろ》かしてしまうような蜜が滴り落ちている、甘美な果実をガツガツとしゃにむに貪《むさぼ》りながら思う。

これが夢の中でもいい。目覚めれば彼がこの手の中から消えてなくなってもいい。しかしほんのひととき、このひとを自分だけのものにしておいてくれ。そんなふうに祈りながら赫は清巳の細い腰へ自分を打ちつけた。

「やぁっ！　あ……あうっ、ひっ、い、いやっ……！」

清巳の口から悲鳴が上がる。

可哀想《かわいそう》に、彼は男に犯されるというだけでなく実の弟に犯されるというこの上ない恥辱を味わうことになったのだ。

慄然《りつぜん》とした表情の清巳にぞくぞくとし、興奮して血が滾る。いけないことだとわかっている。肉親同士で契るなどモラルの欠片《かけら》もない行為だ。しかも男同士で。

だが赫は自分を止められなかった。

彼の痴態をスマホのカメラに収め、この瞬間を永遠に自分のものにする。

そうしてまだ足りないとばかりに、陵辱を続けた。

「……ひっ……あぁっ、くッ……あ、あ、ぁ……」

しかし清巳の方も次第に苦痛だけではない、確かに彼も感じているという甘い色が声に交じりだす。

男というのは快楽には実に素直だ。

直接的な快感の前には、たやすく陥落していく。

あれほど高潔で、己を律していた清巳が悩ましい顔をして、喘《あえ》ぎ声を上げている。その声を耳にするだけで、体中が熱い焔《ほのお》に灼《や》かれたように血液が沸き立ち、皮膚が熱くなり、それは頭の芯《しん》すら焦がしきり塵《ちり》にでもしてしまったようで、なにも考えられなくなった。

「こっ……これいじょ……う、なに……あ、ァ……」

呂律《ろれつ》が回らなくなり、呼吸が荒くなっている清巳の膝《ひざ》を抱え上げる。自分の両肩に彼の脚を乗せ、串刺《くしざ》しにするように貫いた。

「アァッ！」

ぐちゅん、といやらしく濡れた音が繋がった部分から響く。

清巳の内腿《うちもも》がわななき、きゅっと赫を咥《くわ》えた場所を締めつける。彼の蕾は何度も擦り上げられたせいでぼってりと赤く腫《は》れていた。微かに滲んでいる血を見て見ない振りして、赫はぐちゅぐちゅと己を突き入れ、淫猥《いんわい》な音を鳴らした。

がくがくと震える清巳の肩を押さえ込み、彼の奥を深くまで抉《えぐ》る。

今の清巳は赫にとってどうにでもできる存在だった。あれほど、もう二十年以上も焦がれた彼をこうして思いどおりにしている。

「あ、あぁ……、アッ……んっ」

艶《なま》めかしい姿態。尖《とが》りきった乳首、ほっそりとした性器からこぼれる雫、そして滑らかな肌を前に征服心が募る。

恥ずかしさを堪《こら》えながら、快感に流されまいと我慢するように嚙んだ清巳の唇は、とうに紅の色が落ちているというのに、赤くきれいな色をしていて、それがまた赫をそそる。

彼の凄絶《せいぜつ》な色香に我を忘れた。

「……ホント、こんなに感じやすいなんてな」

清潔な彼からは想像もつかないほどの卑猥で淫《みだ》らな姿に、赫は喉を鳴らす。

大きく開いた太腿の間にある彼の性器は震えながら蜜をこぼし、いつの間にか腰が揺れていた。赫が奥を突くたびに膝頭が跳ね上がり、確かに清巳が感じているのは快楽だった。

――堕ちろよ。

赫は清巳の奥の奥へ熱い精液をしとどに撒《ま》き散らかしながら、自分が堕ちた地獄へ清巳も引きずり込むための呪文《じゅもん》を口にする。

「にいさん……清巳……にいさん……っ」

彼はその言葉を聞いていたのか、いないのか、「あぁ……」ととうに嗄《か》れきった喉から儚く声を上げ、白い蜜をとぷりとこぼした。

＊＊＊

「まあ、きれい」

赫は深紅のバラの花束を持って、いつものサリーガーデンを訪れた。先日ママに相談ごとをしたお礼だ。ママは華やかな花が好きだから、このくらい派手な方が気に入ってもらえると選んだ。

「この前はありがとう。おかげでいい買い物ができた」

「そう？　お役に立ててよかったわ。サイズの大きなハイヒールって、可愛いのがなかなかないのよね。あの店はイタリアやスペインから買いつけているから結構いいのがあるのよ。気に入ってもらえてよかった」

清巳に着せるための服と靴をどこで買えばいいのか、ママに相談したのだ。

もちろん誰のためのものか、なんてことは言わないし、ママもそこはきちんと弁《わきま》えていて、赫に訊きもしない。そういう店だからここには引きも切らずに客が訪れる。

「バラなんていただくの久しぶりだわあ。ちょっと活けてくるわね」

「ああ」

いそいそと花瓶を用意し、バラを活けようとしたママが「いたっ」と声を上げ指先を口にした。

「大丈夫か」

「ええ。大丈夫。ほら、ここ。ここにね、一個だけ取り切れてなかった小さい棘《とげ》があって。これを刺しちゃったのね。たいしたことはないわよ」

「それならいいけど」

ママが見せてくれたバラの棘と、そしてそれを持っている指先には小さく血が滲んでいた。

赫はそれをじっと見つめながら、自分の手で開かせたこの上なく美しい花のことを思い出した。そして同時に犯した近親相姦という重大な罪のことも。

あれから清巳を何度も抱いた。彼というかぐわしい果実は、貪っても貪っても足りることはなかった。

「随分顔色よくなったわね」

バラを活けた花瓶をカウンターの一番目立つ場所に置きながら、ママが言う。

「そうか？」

「ええ。前は幽霊みたいに青い顔していたもの」

「幽霊って」

「あら、だってそうよ。でもよかったわ。この前の厄介ごとが片づいたのかしら？」

ふふ、とママが笑う。

「いや。片づいてるわけじゃないんだが……よく眠れるようになったせいかな」

清巳を抱くようになってから、不眠は解消していた。彼を抱きしめているとよく眠れる。

「それはいいことね。やっぱり寝ないとダメよ」

「……そうだな」

今度はいつ清巳を呼び出そう、そう思いながらママへ返事をする。

一度、そう一度抱けば気がすむかと思ったのに、気がすむどころか、底なし沼に溺《おぼ》れていく気がした。どこまで堕ちていけばいいのだろう。そう思いながらやめられないでいる。

果たして自分はこの濃密な時間を終わらせることができるのだろうか。

いつか終わる日が来るのだろうか。

「いつものでいいの？」

「頼む」

赤い色の酒が目の前に置かれる。

昨夜も彼を抱き、つい彼の肩を嚙んで血を滴らせた。そしてその血を舐《な》めたときの興奮といったらなかった。いったい自分はどこまで彼を独占すれば気がすむのか。

――ひどいもんだ。

赫はグラスを目の前に掲げる。

深い色合いの液体を口に含み、エッジの効いた香りとフルーティーな味わいは清巳の血の味にも似ていると目を細める。そしてこのワインのような彼の血を、一滴残らず啜《すす》ってやりたいとさえ思う自分の強欲さに自虐的に微笑んだ。

愛といつくしみのあるところ

帰宅した清巳《きよみ》は首を傾《かし》げた。今日は清巳の好きなものを作ってやるよ、と朝自分を送り出した赫《かく》が、どこにもいなかったからだ。

近所のコンビニにでも行ったのかと思ったが、そうではないらしい。リビングには立ち上げっぱなしのノートパソコンがあったが、部屋は暗くなっているのにカーテンも閉めず、明かりもつけていなかったから、出かけたのは随分前と思えた。スマホのメッセージアプリにも電話にも着信がない。突然留守にするのは近頃の赫には珍しいことだった。

互いのスケジュールはスマホのアプリで管理をしているから、たいていのことは把握できている。だから今日のようなことは滅多になかった。

「まあ……パソコンそのままにしてあるし、すぐ帰ってくるかな」

きっと、なにかよんどころない事情で留守にしてしまったのだろう。とはいえ、少しは清巳も今日の夕飯を楽しみにしていたから、がっかりしていないと言えば嘘《うそ》だ。が、仕方のないことだと諦《あきら》めた。

清巳は、着替えてダイニングテーブルに散らかしてあるものを片づけはじめた。

赫はいつもダイニングテーブルにノートパソコンを置いて仕事をする。一応赫のために部屋は与えてあるが、そこで彼が仕事をすることはほとんどない。

部屋で仕事をした方がいいのでは、と少し前に勧めたことがあったが、「こっちの方がいい」と言って聞かず、結局ダイニングテーブルが赫の仕事場になっている。

いずれにしても、片づけないことには夕食はキッチンでそのまま食べることになってしまう。

パソコンが起動しているままだから、あまり勝手なことはしない方がいい。電源を入れっぱなしのままパソコンは位置をずらし、邪魔にならないところに移動した。

「こっちは重ねても大丈夫かな」

パソコンの傍らには、何冊かの雑誌が置いてあった。ページの間から付箋《ふせん》が飛び出していて、赫がなにかを読み込んでいたことが見て取れた。それにしても随分と付箋の数が多い。よほど気になる記事があるのだろう。

そう思って、ふとその雑誌に目をやった。

結婚情報誌だ。

「え……」

なぜ、赫が結婚情報誌などを読んでいるのか。

清巳は思わずそこに座り込んで雑誌をめくった。

赫が付箋をつけている箇所を開くと、どれも式場に関する記事ばかりだった。

可愛《かわい》らしい女性のウェディングドレス姿が目に入る。真っ白いドレスに身を包んで微笑《ほほえ》んでいる姿は、誰《だれ》が見てもとても眩《まぶ》しい。今は形にとらわれないで式をすることも多いが、それでも結婚式というのはけじめをつけるために必要だと考えているカップルは多い。

連絡もせず、突然留守にしたのは、清巳に言えないことだったからか。

多種多様なウェディングプランのその記事がぼやけ出す。そして、記事の上に一粒涙がこぼれた。清巳はそれを慌てて手で拭《ぬぐ》った。

赫は誰か結婚を考えている女性がいるのだろうか。

知らぬ間につき合っている女性ができたのかもしれない。そして、今日留守にしたのはその女性に呼び出されたためだったとしたら。

——赫は結婚したいのだろうか。

次から次へと、そんなことが頭の中を過《よぎ》っていった。チャペルの前で大勢の人に祝福されながら、にっこり笑って佇《たたず》んでいるカップルを指でなぞる。

新郎の顔がどことなく、赫に似ている気がした。

またひとつ、目から水滴が落ちる。

清巳は頬《ほお》に流れる涙を袖でぐいと拭った。

当然と言えば当然だ。

清巳はバツイチだが、赫はまだ正真正銘の独身なのだ。しかもまだ若く、そして兄の自分の贔屓目《ひいきめ》だけでなく、女性が黙っておかないほどのいい男である。

「参ったな……」

赫が自分からいつかは離れていくかもしれないという危惧《きぐ》は常に抱いていたが、まさかこんなに呆気《あっけ》なく訪れることになるなんて。

とうとう捨てられるのか。と、雑誌を閉じて、のろのろとそれを重ねた。

テーブルの上で頬杖《ほおづえ》をつく。

カーテンもまだ閉めていない、ベランダの窓をぼんやり眺めた。

ただの兄弟に戻るだけだ。ごく普通の兄と弟に。これまでの恋人同士という関係が違っていただけのこと。

昔は赫との仲は最悪だったな、と清巳は苦笑した。

短い間に、関係性がジェットコースターのように展開していった。体を繋《つな》げ、恋人となり、一緒に暮らした。

それでも今の自分は、これまで生きてきた中で一番自分らしいと思っている。それを気づかせてくれただけでも、赫には感謝すべきことだ。

それに以前のようにはもう険悪な仲にはならないだろう。もうお互い、知らないことはないほど、気持ちをさらけ出した。

だから、と清巳は思った。

きっと、自分は赫の結婚を祝福してやれる。

「……お腹空《す》いたな」

清巳はひとつ息を吸うと、すっと立ち上がり、キッチンへ向かった。

赫と一緒に暮らしはじめてからは、食事はほぼ赫が作ってくれていたので、どこになにがあるか今ひとつ把握していない。困ったなと途方に暮れた。

冷蔵庫をごそごそと漁《あさ》っていると、玄関のドアが開く音がした。

「ただいま」

赫が声とともに姿を現す。清巳は放心したように、キッチンへ顔を出した赫を見た。

「あー、やっぱ間に合わなかった。ごめんな。……ん？　どうした？　なに変な顔して」

じろじろと赫は清巳の顔を見る。

いつものとおりの彼だ。

「清巳？　どうかした？　なんでここに皺《しわ》寄ってんの？」

赫は近寄ってきて、指で清巳の眉間《みけん》を突いた。

「わかった。そっか。ごめん。今朝《けさ》、清巳の好きなもん作ってやるって言ってたんだよな。約束守れなくて悪かった。だから拗《す》ねるなって」

清巳の沈黙をどう受け取ったのか、赫はしきりと謝っていた。赫は清巳が夕飯の支度をしなかったことで拗ねているると思っているのだろう。

そんなことを聞きたいわけじゃないのに、と清巳は唇を噛《か》んだ。

赫は「あー、喉渇《のど》いた」と、清巳が開けていた冷蔵庫からペットボトルの水を取り出している。

「赫」

清巳は赫の表情を窺《うかが》いながら、口を開いた。赫はペットボトルのキャップに手をかけたままで、清巳の方へ顔を振り向ける。

「赫、頼むから、言いたいことがあれば、早く言ってくれないか」

「ん？　なんのこと」

赫は清巳がなにを言っているのかわからないと、首を傾げている。

「だから……その、他に好きな人がいるなら……」

そこまで言うと、喉の奥からなにか大きなものが突き上げてきて、話すことができなくなった。

「は？　清巳、なに言ってんの？」

赫は目をぱちくりとさせている。

「だから……」

言いながら、清巳は視線をダイニングテーブルへと向けた。赫も一緒に清巳の視線を追う。そこに自分がなにを置いたのか、ようやく気づいたらしくひときわ大きな溜息《ためいき》をついていた。

「ああ……。そうきたか……」

呆《あき》れたような声を出し、赫は頭を抱える。

——そうきたか？

選ぶ言葉を間違えているような赫の一言に、きょとんとしたのは清巳の方だった。

そうして思わず、赫をじっと見る。なのになぜか、赫はにやにやと薄笑いを浮かべてい
る。

「か、……く？」

おずおずと声をかけると、赫は「こっちにおいで」と清巳を招き寄せる。おそるおそる
側《そば》に寄ると、赫は清巳の肩を抱いた。

「あんたの思考回路のズレっぷりが、最近やっとよくわかるようになってきた」

「ズレって」

「あんた、ホントにマイナス思考っていうかさ、ネガティブっていうかさ。他のことはま
ったく気にしないくせに、なんでこういうことだけ変な方向に妄想膨らませちゃうんだろ
うね」

ほら、と顔を両手で挟まれ、そのままぐいとパソコンへ向けられた。

「見るなら、ハンパに見ないで、きちんと見なさいよ」

強制的に見せられたのは、パソコンのディスプレイだ。スリープモードから復帰したディスプレイに映り込んでいるのは、テキストエディタの画面。書きかけの原稿だ。

「おおかた、この結婚情報誌見て、俺が結婚考えてるとかそんなことでも考えたんだろ？違う？」

赫に自分の考えを言い当てられてしまった。清巳は素直に頷《うなず》くこともできず、口を噤《つぐ》んでいると、「それから」と彼は続けた。

「……で、そこまで考えたら、じゃあ、俺によそに別な女がいるんじゃないのか、とか、今日留守にしたのは、そのせいなんじゃないのか、とか、そういうとこまで考えた、よね？　おそらく」

すべて赫の言うとおりだ。もしかして、自分の心はなにもかも赫に読まれているのではないか。心臓が妙にドキドキする。

「清巳の考えることなんてお見通しだから」

また見透かされた物言いをされた。呆気に取られていると、「やっぱ当たってたんだ」と鼻で笑われた。

「だって、そんな本にたくさん付箋をつけているし、全部式場のことばかりじゃないか」

誤解しても当然だ、と言い訳がましく清巳はぼそぼそ口にした。

「だから、こっち見なさいって。書いてるだろ？　これは仕事！　ついでに急に今日留守にしたのも」

ブライダル関係は、春と秋に人気が高い。が、逆に言うと、夏と冬は閑散期ということだ。しかし、本来式場側としては通年で式を挙げてくれることが望ましい。

なので、様々なお得なキャンペーンも夏や冬に行われることが多く、力を入れたいという。そこで情報誌としても特集号を組んで取り上げることにしたらしい。だが予定していたスケジュールにミスがあってライターの数が足りず、早急に人手がいるということになったというのだ。

今日、留守にしたのも知り合いの編集者から頼みこまれ、急遽《きゅうきょ》式場の取材と撮影に赴いていたからなのだと、赫は言った。

「そうだったのか」

赫から説明を聞くと、全部が納得できた。要は考えすぎだったということだ。ほっと胸を撫《な》で下ろした。

「あのな、言っておくけど、俺が今後清巳以外の誰かを抱くとか、好きになるとかないから。……って、俺いつも言ってる気がするんだけどな」

「でも、おまえだって元々女の人と……その、そういうことだってあったんだろう？」

可能性がないわけじゃない、と清巳は言った。

すると、赫は心底呆れたようにうんざりした顔をする。

「忘れたのか？　悪いけど、俺があんたに何年片思いしまくってたと思ってんだよ。人生の大半だ。起きている時間のほとんど、あんたのことしか考えてないっつの。今更あんた以外の人間に興味なんか持てねえよ」

「そんなこと言っても、こうやって一緒にいるようになったら、やっぱり嫌になることだってあるかもしれない」

「あのね、あんたとおれは兄弟だってわかってる？　おれが生まれたときからあんたはおれの側にいただろう？」

「だけどずっと口もきかなかったじゃないか」

そう返すと、赫は苦虫を嚙み潰《つぶ》したような顔をする。

「ネガティブにもほどがあるっていうか……よくもまあ、そんだけ悪い方向に考えられるっていうか……そういうとこも可愛いからしょうがないんだけど。——ま、いっか」

そう言いながら、赫は犬のようにすり寄ってくる。

赫の顔が近づいて、清巳は思わず後じさった。表情にどこか企《たくら》んでいる気配を感じるのは気のせいだろうか。

背後から腰を抱かれ、赫の手に優しく力が込められる。

「俺のことを疑った罰だからな。お仕置き。わかってるよな、清巳」

耳許《みみもと》で、こわいくらい優しく囁《ささや》かれた。

「やだ、こんな格好、……ぁ……んっ……」

清巳は今の自分の姿はけっして見たくなかった。しかし姿見が目の前にあって、否が応でも目に入れざるを得ない。

「きれいな花嫁さんだって」

くぐもった赫の声が聞こえるが、清巳の視界の範囲に赫はいない。

「花嫁……って、言うな……っ」

「えー、ウェディングドレス着てんだから、花嫁に決まってんだろ」

清巳はウェディングドレスを着せられていた。ドレスがきれいに見えるようにと、立たされたままだ。

姿見には、レースをたっぷりと使った、プリンセスラインと呼ばれるシルエットの真っ白なドレスを着ている自分がいる。眼鏡《めがね》を外されてしまったのでよく見えないが、とても似合っているとは思いがたい。胸がないから、袖や肩紐《かたひも》がなく背中が大きく開いたデザインのこのドレスは、今にも胸元からずり落ちてきそうだし、少し動けばドレスの裾《すそ》を踏んでしまいそうで怖い。

一体こんなものどこで調達したのかと、驚いて問い詰めたところ、赫は「今日の撮影で、モデルがすっころんじまってさ」と入手した経緯を話した。

転んだせいで、ドレスに目立つ破れができてしまって使用できなくなったというのだ。ドレスは当然弁償で、モデルの買い取りだ。それを、赫が代わりに安く買い取ったというのだ。

それもすべて清巳に着せたいと思ったためらしい。そして赫の思惑どおりすっかり着替えさせられたのだった。

「着たんだから、もう気がすんだだろう。早く着替えさせ……っ、……んっ……あっ、ぁ」

「だーめ。清巳、裸エプロンは嫌だってさんざん拒否ったんだから、こっちの俺の夢は叶《かな》えてもらわないと。俺、ずーっと夢だったんだから」

赫はドレスの中へ潜り込み、下着をつけることを許されない、剝《む》き出しになっている清巳の下肢にいたずらを仕掛けている。

ふんわりと広がったスカート部分は幾層にも重ねられたパニエのせいもあって、人ひとりが入り込んでも隠れてしまう。ここに仮に誰か訪ねてきたとしても、まさかドレスの中に赫がいるとはわからないだろう。

ドレスの中では、いやらしく赫の舌が動き回っている。

彼の姿が見えないから、次にどうされるのかわからず、感覚だけが鋭敏になっていた。指が触れる、舐《ねぶ》られる、微《かす》かな感触さえ、皮膚は敏感にその感覚を受け止める。感じやすくなっている素肌にパニエのレースの感触は刺激になりすぎるくらいだった。

ドレスの中では、ペニスをしゃぶられ、後ろを弄《いじ》られてしまっている。なのに、姿見に映っているのは自分ひとりだけだ。たったひとりで頬を上気させ、喘《あえ》ぎを漏らしている。それが奇妙で、ひどく恥ずかしい。

「夢、って」

赫はおかしい。

赫は清巳のことをよくわかっているみたいだが、清巳は弟の考えていることがまるで理解できなかった。

なにしろこの間は「裸エプロンしてくんない？」と懇願されたのだ。三十代の男が裸でエプロンしても気持ち悪いだけだ、と拒んだが、赫は随分がっかりしていた。

「真っ白いドレス着て、これから神様の前で愛を誓いますよ、って言ってんのに、こうやって見えないとこでエロいことしてんのがいいんじゃねえか。外からは、きれいで清楚《せいそ》な花嫁にしか見えないのに、ここをこんなふうにドロドロにさせて。……やーらし」

じゅっ、とペニスの先を啜《すす》られる。

「っ、……赫っ、あぁ、……イく…っ」

赫の唇と舌にペニスを擦《こす》りつけるように腰が勝手に動く。

かり首のくびれを舌先で舐《な》め回されて、袋を弄られて、弱いところをしきりに責められた。下肢がぐずぐずに蕩《とろ》けていく。

清巳は立っていられず、どこか支えになる場所をと夢中で探し、やっと窓枠にしがみついた。

そのとき、ひときわ強く赫の舌がペニスを扱《しご》き上げた。彼の厚い唇で吸い上げられると、清巳は呆気なくそれを包み込んでいる粘膜の中に、己の熱を迸《ほとばし》らせた。


「いい眺め」

赫は悦に入ったように笑った。

あれから、清巳は横抱きにされてベッドまで運ばれた。セックスするつもりなら、このドレスを脱がせてもらえるかと思ったが、一向にそんな気配はない。

しかも、ボリュームのあるドレスの裾は前だけがたくし上げられていて、露《あらわ》になった下半身が丸見えという、はしたない格好をさせられていた。

ドレスの豊富な布が視界を遮り、自分の下肢を直接見ることができないが、下着もつけていない自分の性器がどうなっているかくらいはわかっている。

「新婚初夜って感じ？」

「なっ、なにが新婚初夜だ……ッ！」

抵抗しようにも、重たいドレスがあだとなって、身動きが取れない。おまけに、裾はベッドに乗り上げている赫の膝《ひざ》で押さえ込まれて、まるっきり自由がきかなかった。

「いいねぇ。真っ白いドレスに包まれた花嫁を俺が汚していくってのがまた。ここも赤くなってて、白いドレスに映えて可愛い」

文句を言っても、赫はまったく聞く耳を持たず、それどころか清巳の屹立《きつりつ》しているものを勝手に指でなぞっていく。ぬるい体温が、鈴口に触れて撫でられた。

「……ちょ……っ、かく……っ……ァアッ」

「こっちも、チラ見えでエロい」

もう片方の手は胸元へ入り込み、乳首を指で押し潰す。

「やっぱ、この格好クるわ。……つか、エロすぎ。ぐちゃぐちゃに犯したくなる」

そう言って、赫は清巳の膝をM字の形に割り開く。恥ずかしい場所がすべて丸見えだ。

ごくりと赫の生唾《なまつば》を呑《の》む音が聞こえた。

「な……っ、あ、ぁっ」

赫の舌が後ろの窄《すぼ》まりを嬲《なぶ》った。つぅ、と舌の這《は》い回る感触にぞわぞわと体が疼《うず》き、どこもかしこも触れて欲しいと主張しはじめる。

「清楚で可憐《かれん》な花嫁さんがやらしく、チンチン勃《た》てて、アンアン言って」

赫は清巳の太腿《ふともも》に口づける。清巳の体が跳ね、背が弓なりに反った。

「あ、あ、……や……ッ」

「なに、やらしいって言われて興奮した？」

「ち、ちが……っ」

「嘘、ホントはこうやって言われんの好きなくせに。オンナノコみたいにぐちゃぐちゃになったケツに俺の咥《くわ》えて、ケツ振ってる淫乱《いんらん》、って。ほら、感じてるし。——ね、ここ、スゴいことになってる。溢《あふ》れてる」

陰茎の先から流れるように垂れている、ぬめる雫《しずく》を掬《すく》い取って、赫は清巳に見せつけ、わざとらしく音を立ててその指を舐めしゃぶる。清巳はその仕草に赫にいつもされている、自分の陰茎を舐められている様を思い出して重ね合わせ、顔を火照《ほて》らせた。

「……いい加減にし……ろっ……ッ」

切れ切れの声で詰《なじ》る。しかし赫は気にする様子もなく、「でも、俺のこと愛してるでしょ」と、にっこり笑った。

「……バ……カッ」

「なぁ、誓ってくれる？」

「な……にを……っ……ぁ、んっ」

「ん？　この格好で誓うって言ったら、病めるときも健やかなるときも死が二人をわかつときまで、ってやつに決まってんだろ」

言って赫は清巳の乳首に舌先を軽く触れさせた。一瞬の電流が走るような疼きに清巳はぴくりと体を身じろがせ、しばらく逡巡《しゅんじゅん》した後、観念したように頷いた。

「ち、誓うから……っ、誓う……ッ」

「じゃあ、全文復唱」

赫は誓いの言葉をすべて復唱させた。

わけがわからない。

こんなことをさせてどんな意味があるのかとも思ったが、快感に朦朧《もうろう》となっている頭とそしてぐずぐずになっている体では考えることすらできない。言われるがままに、舌足らずな口調で鸚鵡《おうむ》返しに言葉を口にした。

最後「誓います」と口にするなり、「今指輪ないから、こっち嵌《は》めとくな」と、赫は満足気に自分の屹立を一気に押し込んだ。

「……あぁッ、……ぁ、あっ」

赫のものが引き出され、また飲み込まされ、繰り返し抉《えぐ》るように内側を刺激されて清巳の体が跳ねる。

「や……もぅ……だ…めッ」

「……ここ、ひくひくしてる……もっと奥に突っ込んで、って誘ってるし」

ぐるりとぴんと張った襞《ひだ》を指で撫でられる。

「ぁ……あ、あっ、あっ」

ほら、締まった、と赫が意地悪く笑った。

息が、体が、熱い。

赫もそろそろ余裕がなくなってきたのか、自分と清巳を追い立てる行為に没頭する。漏れ出す声を止められないまま、清巳はこれから待っている白くなる瞬間のことを思って赫を受け止める。

それこそ繋がる行為というのは、誰しもやってることは一緒だ。

見目麗しい美男美女のカップルだって、やってる姿は自分たちとなんの変わりもない。だからというわけではないが、こんな格好でとか、そもそも兄弟でセックスしているとか、そういった理性の範疇《はんちゅう》にあった思考はすべて押し流す。禁忌の行為でも、それがとても気持ちがいいということも確かで、それを我慢できるほど、赫もそして自分も練れてはいない。ただ自分を貫き、眉《まゆ》を顰《ひそ》めて無様に腰を動かし、息を詰めて小さく喘ぐこの男に欲情するだけだ。

「……きよ……みっ」

赫がせつない声で清巳の名を呼び、がむしゃらに動く。何度も何度も名を呼ばれ、体を激しく揺すり上げられる。

「っ、あ、……っああ、――――ッ」

体の中に熱いものが広がる感覚のすぐ後に、あの、白い瞬間がやってきた。


「あーあ……こんなになって……」

清巳は汗と精液まみれになった、皺だらけのドレスを目の前にして放心する。

こんなもの、恥ずかしくてクリーニングにも出せない。かといって、放置しておいても邪魔になるだけだ。

「どうするんだ、これ」

横目で赫を見ると、随分ご機嫌な様子で鼻歌なんか歌っている。

「どうするんだ、って……うーん、どうすっかな。そこまで考えてなかった」

アハハ、と笑う赫に清巳はこめかみがピクピクと痙攣《けいれん》するのを覚える。

「この後始末は、全部おまえがしろ。私は知らん」

ふん、とそっぽを向く。

後々のことまで考えてから、物事は行動に移せとか、そもそもウェディングドレスはないだろうとか、言いたいことが山ほどあったが、疲れてどうでもよくなった。

今はただ眠りたい。

「えー、マジか」

仕方がないなあ、と間延びした赫の声が聞こえる。

本当に疲れた。清巳は目を瞑《つむ》る。

でも、赫が自分のことを思って愛してくれるのがうれしい。

ちょっと行き過ぎることはあるけれど、こんなふうにじゃれあえるのも、こうやって好きだと言えるのも。

本気で好きになった。

手に入れるのが怖くて、手放すのがもっともっと怖くて、そういう恋をしたのははじめてかもしれない。

楽しいことばかりじゃない。心が崩れて、どうしようもないくらいにガタガタになることもある。腹も立つし、本気で憎むことだってある。だけどいつも抱きしめられていたくて、赫の腕が欲しくて我慢できなくなる。コントロールのきかない頭の中でまた赫のことしか考えられなくなる。ほんの僅《わず》かの言葉を紡ぐことにも臆病《おくびょう》になる。どうにもならない気持ちで胸の奥がひりついてしまう。

けれど、ひりひりした焦燥感を抱えて過ごす時間の中で、ずっとお互いを呼び合えればいい。

そうして思い出す場所のひとつひとつにお互いがいられればいい。

「清巳？　寝ちゃった？」

瞼《まぶた》は重く、意識が徐々に沈んでゆく。

「あー、寝ちゃったか。……今度は絶対裸エプロンな」

最後の一言をはっきり聞かないまま、清巳の意識はすとんと落ちた。

あとがき

こんにちは。淡路 水と申します。ラルーナ文庫様でははじめましてになります。

もしかしたらお気づきの方もいらっしゃるかと思いますが、この本は五年ほど前に出した「荊棘の褥」という同人誌の文庫化となります。タイトルを変更し、加筆修正とそれから書き下ろしを加えて刊行となりました。

この話は、私にとってはこれまで書いたどの話よりも一番思い入れが強いものでしたから、文庫化のお話をいただいて感激すると同時に、とてもとても幸せな気持ちでいます。

とにかく自分の好きなものを詰め込んだ話でして、近親もの、年下攻、エリート受に女装に眼鏡にお道具、そしてショタとまあ、ぎゅうぎゅうとみっちり詰まっています。詰め込みすぎな気がしますけれど、当時はプライベートで大変なことがたくさんあって、そんなことから「人間いつなんどき死ぬのかわからないから、存分に好きなものを書かなければ」という妙な使命感のもとに書き切った気がします。

同人誌を既にお持ちの方もいらっしゃるかもしれませんが、今できうる限りの加筆をしておりますし、書き下ろしでは、弟・赫の視点で清巳おにいちゃんへの愛をウザく書いたので、違う印象でお読みいただけるのではないかと思っています。

そしてなにより大西叢雲様に素晴らしいイラストをつけていただきました。美しく艶めいた清巳と、セクシーな赫は私が思い描いていたふたりそのものでした。大変お忙しい中、この話をすてきに彩ってくださいまして本当にありがとうございました！

文庫化のお話をくださったラルーナ文庫様、担当様にも心からの感謝を。いつもお世話をかけっぱなしですみません。

最後にこの本を読んでくださった皆様へ。この本「兄と弟 〜荊の愛執〜」をお手にとってくださりありがとうございました。

好き嫌いのはっきり分かれる話だとは思いますが、私自身本当に書きたかったものを書けた満足感でいっぱいです。私の大好きなこのふたりの話、皆様にもどうか楽しんでいただけますように。お読みになって、なにかを感じてくださったらうれしいです。

では、またお目にかかれましたら幸いです。

淡路 水

・あとがき・
非常に色々なシーンを
描かせて頂いた心地デス…
清己も赫もとってもお気に入りの
キャラデザで満足してます♥
そして本編の最高のハッピーエンド…
弟攻めは最高ですね…！
大西叢雲
清己はお尻が
極上の裏設定でした…

兄と弟〜荊の愛執〜：二〇一二年四月一日発行の同人誌「荊棘の褥」に加筆修正
赫い棘の鎖：書き下ろし
愛といつくしみのあるところ：二〇一二年十月八日発行の同名の同人誌に加筆修正

ラルーナ文庫

この本を読んでのご意見・ご感想・ファンレターなどお待ちしております。〒111−0036 東京都台東区松が谷1−4−6−303 株式会社シーラボ「ラルーナ文庫編集部」気付でお送りください。

兄《あに》と弟《おとうと》 ～荊《いばら》の愛執《あいしゅう》～

2017年1月7日 第1刷発行

著　　　者｜淡路《あわじ》 水《すい》

装丁・DTP｜萩原 七唱

発　行　人｜曺 仁警

発　行　所｜株式会社 シーラボ
〒111-0036 東京都台東区松が谷 1-4-6-303
電話 03-5830-3474／FAX 03-5830-3574
http://lalunabunko.com

発　　　売｜株式会社 三交社
〒110-0016 東京都台東区台東 4-20-9 大仙柴田ビル 2 階
電話 03-5826-4424／FAX 03-5826-4425

印刷・製本｜シナノ書籍印刷株式会社

ISBN978-4-87919-981-2